Dimitri Verhulst

Die letzte Liebe meiner Mutter

Dimitri Verhulst

Die letzte Liebe meiner Mutter

Roman

Aus dem Niederländischen von
Rainer Kersten

Luchterhand

Die Originalausgabe erschien 2010 unter dem Titel
De laatste liefde van mijn moeder bei Uitgeverij Contact, Amsterdam.

MIX
Papier aus verantwortungsvollen Quellen
FSC® C014496
FSC
www.fsc.org

Verlagsgruppe Random House FSC-DEU-0100
Das für dieses Buch verwendete FSC®-zertifizierte Papier
Pamo House liefert Arctic Paper Mochenwangen GmbH.

1. Auflage

Satz: Greiner & Reichel, Köln
Druck und Einband: GGP Media GmbH, Pößneck
Printed in Germany
ISBN 978-3-630-87355-8

www.luchterhand-literaturverlag.de
Besuchen Sie unseren LiteraturBlog www.transatlantik.de

I

Martine Withofs war mit wenig zufrieden, was aber nicht ganz ihr eigenes Verdienst war: Sie hatte nie viel gehabt, und irgendwann hat man sich daran gewöhnt. Doch wie dem auch sei, sie konnte sich, um nur ein Beispiel zu nennen, aufrichtig über einen Fernseher freuen. Nicht mehr und nicht weniger – einen Fernseher! Vielleicht lag das am Jahr ihrer Geburt, in dem mit frenetischer Begeisterung das Fernsehen als tatkräftiger Unterstützer, als Kampfgefährte im Kreuzzug gegen die belgische Rückständigkeit und Vulgarität begrüßt worden war, als Mittel zur Verbreitung von Wissen und Kultur bei oberflächlichen Biertrinkern und Hausdrachen. Just in dem Jahr nämlich wurde Martine geboren, in dem die Regierung ihr mit viel Geld angeleiertes Projekt präsentierte, die Bevölkerung muschelessender Bauern endlich zu bilden, zu erbauen und zu läutern. Martine erblickte das Licht der Welt im Herbst 1953, als die – mittlerweile selig verschiedene – »Rundfunk- und Fernsehgesellschaft des Königreichs Belgien« die ersten Fernsehbilder auf die zu erziehende Bevölkerung losließ: die Sendung *Panorama* mit einem Beitrag über venezianische Malerei. So was prägt einen Menschen. Das hinterlässt Spuren in seinem Charakter.

Und man muss zugeben, in ihrem bisher neunundzwanzigjährigen Leben war Martine selten glücklich gewesen – doch wenn sie es war, hatte das Fernsehen daran oft einen wichtigen Anteil gehabt.

Zunächst einmal hatte sie gelernt, sich über die simple Tatsache zu freuen, dass der Fernseher funktionierte. Gar nicht mehr, einfach nur funktionierte. Es erforderte manchmal aber auch wirklich eine Engelsgeduld und ein Paar flinker Beine, um die Flimmerkiste zum Laufen zu bringen. Die Zahl der von Martine zurückgelegten Kilometer, wenn sie mit der Antenne im Wohnzimmer herumlief und nach dem optimalen Empfang suchte, war Legion, und so braucht es denn auch niemanden zu verwundern, dass sowohl die Einführung des Kabelfernsehens als auch der allgemein sich durchsetzende Gebrauch einer Fernbedienung später dazu beitragen sollten, dass Kalorien und Krampfadern für Martine plötzlich ein ernstes Problem wurden. Oder, wie ihr Hausarzt es formulierte, als er ihr schließlich einen Kurs Aerobic verschrieb: »Was sich nicht bewegt, das ist tot!«

Manchmal lagen die Empfangsprobleme allerdings weder an der Antenne noch am nebligen Wetter, und sie musste dem Ding einfach nur ein paar kräftige Schläge verpassen, um es wieder zum Laufen zu bringen. Keine Gebrauchsanleitung, die diesen Ratschlag enthielt, doch aus Erfahrung wusste ein jeder: Mit Elektrogeräten ging man am besten um wie mit bockigen Kindern. Auch wenn in pädagogischen Kreisen damals ein anderer Wind wehte, der besonders von den bockigen Kindern als erfrischend erfahren wurde.

Erst dann war Martines Tag ganz gelungen, wenn der volksbildende Fernsehapparat endlich störungsfrei lief und ihre Lieblingsserie *Home Is Where My Children Cry* auf dem Programm stand. Ein Glück, das nur noch zu toppen war, wenn Charlotte Goldrush, die tyrannische und intrigante Hexe dieses 1438 Fortsetzungen zählenden Fernsehrauschgifts (die Rolle wurde von Jane Wyman – im wahren Leben übrigens die Ex von Präsident Ronald Reagan – mit solcher Leichtigkeit verkörpert, dass man von einem Fall extremen Type-Castings sprechen musste), wenn diese Charlotte Goldrush also eine Niederlage erlitt, vorzugsweise durch ihre eigene, charakterlich ebenfalls nicht ganz unbedenkliche Tochter Emma Goldrush. Wenn dies alles zusammenkam, erlebte Martine einen herrlichen Abend.

Am Bügelbrett stehend, flankiert von zwei vollen Wäschekörben (denn sie bügelte alles, auch Strümpfe, selbst Unterhosen, und hüllte zuletzt jedes Teil in eine Wolke Stärke aus der heiligen Spraydose der Firma Remy), folgte sie den Fährnissen der verruchten Familie und war glücklich. Nicht, dass sie dann von Kopf bis Fuß in Glück getaucht dastand, wie in den Timotei-Haarshampoo-Reklamen immer gezeigt, die Endorphine strömten eher sparsam durch ihre Adern; vielmehr war es die vorübergehende Abwesenheit von Unglück, die ihr ein Gefühl inneren Friedens verschaffte.

In den Jahren, die nun endlich hinter ihr lagen, war Martine im Allgemeinen schon bei ihrem zweiten Wäschekorb angelangt, wenn ihr Ehemann sturzbetrunken und immer noch in Arbeitskleidung ins Haus gewankt kam, unbeherrscht brallend: »Guckst du schon wieder diese Scheißsendung im Fernsehen!«

Obwohl sie mit der nun folgenden Verletzung ihrer ehelichen Gehorsamspflicht eine Tracht Prügel riskierte, antwortete sie: »Wenn du den ganzen Abend in der Kneipe herumhängst, hab ich ja nichts andres zu tun, als mir Scheißsendungen im Fernsehen anzusehen!«

Worauf er wieder, ein Mann des letzten Worts: »Ich sitz in der Kneipe, weil ich vor deinen Scheißsendungen Reißaus nehmen muss, verdreh doch nicht dauernd die Tatsachen.« Und dann verlangte er sein Essen und befahl ihr, es aufzuwärmen, aber dalli, sonst würde er ihre Glotze noch kurz und klein schlagen.

Ein Anhänger der androzentrischen Weltsicht, eindeutig.

Die achtziger Jahre des vergangenen Jahrhunderts waren ein Segen für Ehefrauen von nach aufzuwärmendem Essen brüllenden Trunkenbolden, jetzt, da der Markt von Mikrowellengeräten überspült war, einer Erfindung aus den dreißiger Jahren, doch erst vor kurzem dem Haushaltskomfort nutzbar gemacht. Ein weiterer Segen war die zunehmende gesellschaftliche Akzeptanz von Ehescheidungen. Martine musste ihre Hoffnungen übrigens auf Letzteres setzen, eine Mikrowelle war für eine Familie, in der das Gesamtbudget für Romy Pils draufging, sowieso unerschwinglich.

Doch jetzt war sie glücklich, viel glücklicher eigentlich als jemals vorm Fernseher bei *Home Is Where My Children Cry*, und sie nahm sich die Zeit, dies auch vollauf zu genießen. Hier, in diesem Nest im Schwarzwald, zehn Fliegenschiss groß, wo sie ihren Urlaub verbrachte, den ersten Urlaub mit ihrem neuen Mann, Wannes Impens, und ihrem Kind, dem Einzigen, was ihr, zusammen mit ein paar Töpfen, einem Staubsauger, einem Sofa und obengenanntem Fernseher, von ihrer ersten Ehe geblieben war.

Es war still in diesem Dorf. Und obwohl sie wenig Grund zur Nostalgie hatte, erinnerte sie diese Stille an die Straße ihrer Kindheit, eine Sackgasse, ein Blinddarm im übrigen Straßennetz, in die sich niemals ein Wagen verirrte. Und als das schließlich doch geschah, irgendwann musste es ja einmal passieren, bekam der Ford Consul eine Panne, was die ganze nähere Umgebung mit einer hartnäckigen Form von Fortschrittspessimismus infizierte. Das Misstrauen dem Auto gegenüber sollte erst enden, als in ein und demselben Sommer zwei Fälle von Herzinfarkt die Nachbarschaft erregten. Die eine Betroffene, Germaine Naessens, wurde mit ihren neunzig Kilo auf einen Fahrradgepäckträger gehievt und ins Krankenhaus gefahren, das sie nie lebend erreichte. Der andere, Ludo Boesmans, wurde vom Notarztwagen geholt und sollte danach noch jahrelang täglich seine fünfzehn Torpedo Natural paffen, um schließlich zweiunddreißig Lenze, vier Monate und einundzwanzig Tage nach der chirurgischen Reparatur seiner Herzkranzarterie fluchend an einer wirklich unheilbaren Krankheit zu sterben: dem Alter.

In diesen Erinnerungen schwelgend, fragte Martine sich, wie gut ein Ereignis wohl abgelagert sein musste, bevor es Fiktion werden konnte. Bevor die oft wiederholten Übertreibungen die Stelle der Wahrheit einnahmen oder vielmehr: Wahrheit *wurden*. Und trotzdem, ganz eindeutig: Die Stille in diesem deutschen Dorf war die Stille im Reich ihrer Kindheit.

Sie betrachtete die Felder um sich herum, die sanften Hügel, die Bäume, die fröhlich zwitschernden Vögel, den Himmel, wie gemalt mit Buntstift Nr. 161 aus dem Sortiment von Caran d'Ache. Sie spürte die Sonne auf ihren Armen angenehm brennen, noch ohne jeden Gedanken an Hautkrebs, nippte an ihrer Tasse Kaffee und fühlte sich glücklich, vielleicht gar auf dem Höhepunkt ihres Lebens.

Da fragte ihr Sohn Jimmy gelangweilt, wie lange sie noch auf dieser Terrasse herumsitzen müssten, und damit war ihr Höhepunkt schon wieder vorbei.

Wie wär's, wenn wir diesen Sommer mal zusammen in Urlaub fahren würden, was meinst du?«, hatte Wannes gefragt und dabei sofort hinzugefügt: »Zu dritt, meine ich«, womit er signalisierte, auch Jimmy, immerhin das Kind eines anderen, während dieser kostbaren Tage erdulden zu wollen.

Natürlich hätte Wannes lieber eine Beziehung mit einer Frau ohne Vergangenheit gehabt oder wenigstens einer ohne Kinder. Doch offenbar mussten Frauen erst eine Scheißehe hinter sich bringen, um sich in ihn verlieben zu können. Und umgekehrt war es genauso: Auch seine amourösen Gefühle wurden leichter von Müttern als von Mädchen entzündet. Er konnte nicht ewig dagegen ankämpfen. Wollte er nicht als trauriger Junggeselle oder als Mönch enden, musste er sich seinem Schicksal ergeben. Und so stürzte er sich in die Affäre mit Martine, die bereits ein Kind hatte. Glück im Unglück, möchte man sagen, denn genauso gut hätte es ja auch eine Frau sein können, der schon mehrere Kinder am Rockzipfel hingen.

Als er im Alter von siebenundzwanzig seinen Eltern endlich mitteilte, das Haus verlassen zu wollen, wenn auch peinlicherweise für eine schon mal verheiratete Frau, hatte sein Vater ihn überrascht: »Das braucht dir überhaupt nicht peinlich zu sein. Die Statistiken sprechen für dich: Neuwagen bauen viel öfter Unfälle als gebrauchte. Jetzt hast du eine Frau, die du nicht mehr einfahren musst, ich wünsch dir mit ihr alles Glück auf der Welt.«

Zu sagen, dass Martine auf Wannes' Reisevorschlag sofort mit Begeisterung reagierte, wäre übertrieben gewesen. Seit Februar wohnten sie erst zusammen, in einer Mietwohnung, für die sie reichlich Kaution hatten zahlen müssen und in der sie als moderne Menschen sofort Teppichboden verlegt hatten. Vorläufig aßen sie noch zu dritt an einem Tisch, auf dem kaum ein Scrabblespiel genug Platz gehabt hätte, weil sie die Ausgaben strecken und nicht gleich den ganzen Hausstand zusammenkaufen wollten. Außerdem musste Martines Scheidung noch vor Gericht durchgeboxt werden, und Rechtsanwälte standen nicht in dem Ruf, karitativ tätig zu sein. Jimmy war in dem Alter, in dem er seiner Kleidung schon in der Umkleide wieder entwuchs, seine Schulausflüge fraßen immer größere Löcher in die Haushaltskasse, und seine Schuheinlagen wurden von der Krankenkasse nicht übernommen. Gut, Martine und Wannes hatten Arbeit, was in dieser unsicheren Zeit nicht selbstverständlich war. Obwohl es keine Traumjobs waren, es waren doch feste Stellen. Und auch wenn die kein Traumeinkommen boten, immerhin verdienten sie was. Aber trotzdem, trotzdem … Man musste vorsichtig bleiben. Abwärts ging es immer schneller als aufwärts. Von heute auf morgen konnte man seine Entlassung bekommen, einfach so, kommentarlos und manchmal sogar ohne Dank für die erwiesenen Dienste. Das hörte man dauernd, und die Gewerkschaften hatten das Nachsehen. Hier und da kamen die Kommunisten wieder aus der Versenkung hervor – kein Zeichen, dass es der Wirtschaft unbedingt gutging. Das Land hatte rund zweihundert Entlassungen pro Tag zu verkraften, beim Stahlriesen Cockeril-Sambre drohte man mit achttausend – achttausend auf einen eiskalten Schlag! –, die Arbeitgeber tönten, dass die Löhne gesenkt werden und weniger Leute härter arbeiten müssten, der automatische Inflationsausgleich wurde abgeschafft … War es da kein dekadenter Exzess, in diesen schwierigen Zeiten auf Reisen zu gehen?

Erst kürzlich noch hatte Jimmy sich einen Hund gewünscht, mit flehendem Blick, den er sich vom täglichen Hunger-Äthiopier in den Siebenuhrnachrichten abgeschaut hatte, unter verstärktem Einsatz von »Och« und »Bitte!«. Jetzt, wo seine Mutter jemanden zum Lieben gefunden hatte und endlich auch mal von jemand anders umarmt wurde als von ihrem Sohn, musste dieser sich neue Quellen der Zuneigung suchen. Adepten Freuds zufolge ist Mutterliebe nie ganz zu ersetzen, aber ein Hund hätte zumindest die gröbsten psychologischen Defizite ausgleichen können. »Eine Mietwohnung ist kein Ort für einen Hund«, hatte Martine kategorisch erklärt, und niemand konnte ihr darin widersprechen. In Wahrheit jedoch waren ihr die zu erwartenden Kosten für Hundefutter und eine Hundeleine zu hoch. Als Kompromiss bekam Jimmy einen Goldfisch, der – bis wieder genug Geld im Sparstrumpf wäre, um ein Aquarium zu kaufen – seine Runden in einem gespülten Gurkenglas drehen musste.

Als wäre eine Mietwohnung der passende Ort für einen Goldfisch!

»Ein undankbares Kind!«, fand Wannes. »Man sieht gleich, dass er nicht von mir ist.«

Auf ausgabentechnischem Gebiet war Martine ein Opfer ihrer Erziehung. Ihre Eltern, typisch für jene Generation, waren als geizige Knicker aus dem Weltkrieg hervorgegangen. Jeder Franc musste mindestens zehnmal umgedreht werden, bevor man ihn ausgeben durfte. Auf der Straße schaute ihr Vater stets zu Boden, die einzige Art, Geld zu finden, und obendrein eine glänzende Taktik, den Freundeskreis klein zu halten. Kein Stück Kupfergeld war ihm zu nichtig, sich danach zu bücken, trotz seines schwachen Rückens. Fragte der Metzger beim Wiegen, ob es ein paar Gramm mehr sein dürften, antwortete er wie aus der Pistole geschossen: »Wenn ich's zum Preis von ein paar Gramm weniger kriege, gern!« Da sie einen Keller besaßen, sahen die Eltern nicht ein, warum sie sich wie all die anderen in den Nachkriegskonsumrausch stürzen und einen Kühlschrank kaufen sollten. Wie kamen sie denn dazu? Ein Kühlschrank verbrauchte 590 kWh zusätzlich pro Jahr, ein Fünftel des gesamten Verbrauchs! Darum: Nein, danke. Toilettenpapier wurde erst eingeführt, als ihr Vater sein Zeitungsabonnement gekündigt hatte (»Es steht doch immer dasselbe drin, und meist ist es auch noch gelogen!«) und das Papier der Werbesendungen sich als zu glatt erwies, gedruckt mit viel zu fettiger Tinte. Keinerlei Nahrung wurde je weggeworfen, Kartoffeln nur mit der Schale gekocht. Das Brot konnte schon flauschig sein vor Schimmel, es musste gegessen werden. Wenn auf den Tischen der Reichen Roquefort als Delikatesse prunkte, warum als einfacher Mann dann vor einer Schnitte verschimmelten Weizens die Nase rümpfen? Saure Milch wurde zu einem Gericht verarbeitet, das selbst fanatische Christen aus Tradition nur zu Karfreitag aßen, aus Solidarität mit dem Leid ihres Erlösers.

Wer in einer solchen Familie aufgewachsen war, musste einen Schaden davontragen. Fragte man Martine nach dem wichtigsten Werkzeug der Hausfrau, hätte sie ohne zu zögern »Schere« gesagt, die Schere, mit der man Rabattgutscheine in rauen Mengen ausschneiden konnte. Schuhkartons voller Rabattgutscheine besaß sie, die im Schrank neben der Keksdose mit den Mantelknöpfen aufbewahrt wurden. Sie konnte hamstern für mindestens tausend Winter, wusste genau, wo der Blumenkohl einen Centime billiger war, und machte auf dem Fahrrad freiwillig einen Umweg von fünfzehn Kilometern, wenn sie dadurch in irgendeinem Laden auch nur ein Fitzelchen sparen konnte.

Erbliche Vorbelastung allein konnte Martines Sparzwang allerdings nicht erklären, und zweifellos hatte sich dieser Charakterzug erst richtig herausgebildet, als sie ihren Lohn gut zehn Jahre lang gegen den unstillbaren Durst ihres Ex verteidigen musste. Um sich und ihr Kind kleiden zu können, jeden im Haushalt vor Unterernährung zu retten und den Vermieter bei Laune zu halten, blieb ihr nichts anderes übrig, als geheime Depots anzulegen, hier und da was beiseite zu schaffen und überall etwas abzuknapsen, sobald sich ihr die Gelegenheit bot. Denn was ihr Ex in die Finger bekam, trug er sofort in die Kneipe, wo er den großen Herrn markierte, großzügig Runden schmiss und sich einladen ließ, Billard spielte, bis die Kreide verbraucht war, und Karten, bis er die Asse doppelt sah. Doch letztlich waren all ihre Mühen sinnlos gewesen, das wusste Martine. Ihr Sohn hatte mehr Flicken als Hose um seine dürren Beine getragen.

Aber okay, das war jetzt – großer Seufzer – ein für alle Male vorbei. Zum ersten Mal seit langer Zeit konnte Martine wieder einkaufen, ohne dass ihr die Galle hochkam. Gerade hatte sie etwas gespart, kein Vermögen, eine kleine Rücklage für kleine Notfälle, da überlegte ihre neue Flamme auch schon, es für eine Reise auszugeben.

O Mann!

An welches Reiseziel hatte Wannes denn überhaupt gedacht?

Es war die Zeit, als jede Familie mit nur ein wenig Selbstrespekt ihren Urlaub in Spanien verbrachte. Unterstützt von dem Umstand, dass Francisco Paulino Hermenegildo Teódulo Franco y Bahamonde Salgado Pardo, besser bekannt als General Franco, sein Leben ausgehaucht hatte und die Nation sich noch während der Funeralien für den faschistischen Machthaber von einer Militärdiktatur in eine parlamentarische Monarchie transformiert hatte, lernte Europa sehr schnell, mit Peseten zu zahlen, und im Sommer flog eine Chartermaschine nach der anderen ins Land des sterbenden Stiers. Anständige Leute verprassten ihr Urlaubsgeld auf Teneriffa, Mallorca, Ibiza oder einem x-beliebigen Badeort zwischen Costa Brava und Costa del Sol. Wer die Welt kannte, trank sich dort mindestens einmal einen tierischen Kater mit Sangria an, informierte mit Ansichtskarten seinen gesamten Bekanntenkreis von dieser Reise, Karten, auf denen ein Bataillon unbekleideter Titten das kulturelle Erbe Spaniens anpries, besuchte einen Flamenconachmittag und kaufte sich folgende fünf Souvenirs: eine Lederjacke, ein Paar handgeschnitzter Kastagnetten, in die *Viva España* eingraviert war, ein druckfrisches Reprint eines historischen Plakats mit einem Torero, einen strohtrockenen, mit authentischem iberischem Fliegendreck besprenkelten Schinken mit Echtheitszertifikat sowie ein paar Pappdias spanischer Landschaften für den heimischen View-Master.

Einmal im Leben eine echte Palme in ihrem natürlichen Habitat zu sehen, davon träume er schon immer, verkündete Wannes. Doch Martine erklärte kategorisch, dass er sie nicht einmal mit einer ganzen Packung Schlaftabletten in ein Flugzeug kriegen würde. Die Natur hatte alles weise geordnet: Manche Tiere waren fürs Wasser geschaffen, andere nur für die Luft, und wieder andere Geschöpfe sollten einfach den Kontakt mit dem Boden niemals verlieren. Völlig unnötig, die Lebensräume der Arten durcheinanderzubringen. Außerdem brauchte nur ein einziger Palästinenser in so einem Flugzeug zu sitzen, und die Reise war gelaufen. Es waren wirklich keine Zeiten, sich der Personenluftfahrt anzuvertrauen. Eine Kollegin von ihr, Leontine Neirinck, war auch in den Urlaub geflogen, auch nach Spanien, und hatte dreißig Slips in ihr Handgepäck gestopft, für den Fall, dass die Maschine entführt wurde. Dreißig Stück! Wenn ihr Urlaub schon *so* anfangen sollte, na, vielen Dank, dann hatte Martine keine Lust mehr.

Natürlich gab es auch noch andere Leute mit Flugangst, aber die nahmen dann eben den Wagen. Es war ja auch die Zeit, in der jeder mit seinen Fahrkünsten prahlte. Man fuhr nachts, ohne eine einzige Pause außer zum Pinkeln oder zum Tanken, in einem Rutsch, wrrrummm!, in den Süden, quer durch das unbeleuchtete Frankreich, wenn nötig, über knoblauchstinkende Landstraßen, um die Autobahnmaut zu umgehen. Um jede Nanosekunde des Urlaubs zu nutzen, sprang man gleich nach Arbeitsschluss in sein Auto, ungewaschen, unrasiert, und fuhr 1300 Kilometer und mehr, mit oder ohne Wohnanhänger, mit oder ohne quengelnde Kinder, dafür in einer Geschwindigkeit, die die französische Staatskasse wunderbar füllte, dank der Massen strategisch positionierter Blitzfallen. Autofahrer sprachen über den Ring von Paris, als hätten sie ihn selbst komponiert, Freunde von Wannes wussten, mit welchem Reifendruck man am besten über den französischen Asphalt bretterte, und oft hatte er bedauernd feststellen müssen, dass er an den hitzigen Diskussionen über Reiserouten nie teilnehmen konnte. Nahm man Richtung Bordeaux besser die Porte de Bagnolet oder doch lieber die Porte d'Italie? Dieses Wissen machte einen Mann damals zum Mann. Doch Wannes besaß keinen Führerschein. Das war dann wieder Martines Schicksal, dass es ihr niemals gelang, sich einen Mann mit Auto und zertifizierten Fahrkenntnissen zu angeln.

Und mit dem Schiff irgendwohin, war das vielleicht möglich?

Ein Schiff hatte Martine schon einmal bestiegen, und für ihren Geschmack brauchte es kein zweites Mal mehr zu geben. Eine Überfahrt nach England war es gewesen, weil ihr Ex bei einer Tombola zugunsten der Landesliga der Bogenschützen ein Wochenende in London gewonnen hatte. Bis Dover waren die Seemöwen der Fähre gefolgt, sich stets aufs Neue kreischend auf all die Bröckchen stürzend, die Martine alle fünfzehn Minuten über die Reling gekotzt hatte. London selbst hatte sie als Enttäuschung empfunden, einen deprimierenden Ort, wo alle herumliefen, als wäre ständig Fasching. Sie sprach kein Englisch, verstand es auch nicht, und hatte ebenso wenig mit dem Brauch warm werden können, beim Überqueren der Straße erst nach rechts und dann erst nach links zu schauen. Außerdem hatten sie schrecklich viel Zeit verloren, weil ihr Mann es sich zur Ehrensache gemacht hatte, mit seinen Grimassen einen königlichen Gardesoldaten zum Lachen zu bringen, und seinen Versuch erst nach dreieinhalb Stunden aufgab, tief enttäuscht und ziemlich knurrig. Und krank vor Durst natürlich. Dann hatte er das englische Bier dermaßen wässrig gefunden, dass er sogar noch mehr trinken musste als zu Hause, um auf seinen persönlichen Wohlfühlpegel zu kommen. Doch immerhin hatte Martine die Tower Bridge gesehen, wenn die in Wirklichkeit auch nicht spektakulärer gewirkt hatte als in dem zweitausendteiligen Puzzle, das sie einmal gelegt hatte, sie war mit einem Doppeldeckerbus gefahren (aus dem sie nach zweihundert Metern schon wieder ausgestiegen war, um sich nur ja nicht zu verlaufen) und hatte einen Bobby bewundert. Das war genug. Ehrlich gesagt, hatte sie aus London alles herausgeholt, was sie sich vorgestellt hatte.

Und auch die Möwen hatten Glück – auf der Rückfahrt kotzte Martine noch ergiebiger, was sie dem Frühstück zuschrieb: ein Teller mit Bohnen, der, wie sie fand, bereits vor dem Verzehr ausgesehen hatte wie schon mal gegessen.

Nicht, dass sie Wannes bei seinen Urlaubsträumen entmutigen wollte, aber jetzt war sie doch langsam gespannt, mit welchem Vorschlag er nach alldem noch kommen konnte.

An der heimischen belgischen Küste war eigentlich nichts auszusetzen, solange man mit dem Rücken zur Strandpromenade blieb, um die traurigen Betonkästen mit Ferienapartments nicht sehen zu müssen. Deprimierende Bunker mit Balkon, die man für eine Woche mieten konnte, zu horrenden Preisen. In den Apartments hatte der Tourist eine kleine Küche, eine Dusche mit leicht verschimmeltem Vorhang, ein Sofa, das jemand mit viel logistischem Geschick zu einem Bett umbauen konnte, und, mit etwas Glück, sogar einen Farbfernseher, jawohl. Bei schlechtem Wetter, oft also, konnte man in so einer Urlaubswohnung dasselbe tun wie zu Hause. Nur – was sollte das bringen, sich im Urlaub wie zu Hause zu fühlen? Wer wollte dafür Geld ausgeben? Wohlgemerkt, Wannes wusste einen Spaziergang am Meer durchaus zu schätzen, aber wenn, dann im Winter, wenn es schon stürmte und er den Strand für sich allein hatte. Den Strand und den angespülten Müll. Und dann auch nicht länger als eine Stunde, das Meer war schließlich doch nur das Meer, eine geflutete Leere. Ohne all das Wasser wäre es bestimmt bloß ein Parkplatz gewesen. Man musste schon zu diesen introspektiven Spinnern gehören, sollte die salzige Pfütze einen stundenlang fesseln.

An den Strand, den belgischen noch dazu – also nein, daran durfte er gar nicht erst denken. Und im Sommer schon überhaupt nicht: die verirrten Federbälle im Gesicht, die im Picknickkorb gelandeten Strandbälle, die aus der Bahn geflogenen

Frisbees, die herumschießenden Gummis eines Jokari-Spiels, die Quallen, die wie Landminen im Sand lagen und auf einen Fuß warteten (deinen!), die Muschelscherben, die dir in die Zehen schnitten, wovon du ein paar Tage später noch eine Entzündung bekamst. In einem Angsttraum hörte Wannes schon eine Durchsage, die ganze Küste entlang: »Der kleine Jimmy wird von seiner Mama und ihrem neuen Mann gesucht – sie warten auf dich an der Stange mit der Banane. Ich wiederhole: Der kleine Jimmy wird von seiner Mama und ihrem neuen Mann ...« Ganz zu schweigen vom Immer-Gleichen so einer Reise! Noch vor der Abfahrt wusste man schon, dass man einen geschlagenen Nachmittag lang eine Sandburg bauen würde. Eine Stunde würde man im Gokart, einem Quistax Benny, herumfahren und eigentlich schon nach fünf Minuten genug davon haben. Man würde minigolfen, wild entschlossen, diesmal zu gewinnen, um dann gleich bei Station 1, wo man den Ball eigentlich nur gerade zu schlagen brauchte, mit sieben Punkten Rückstand dazustehen. Einen Drachen würde man kaufen und drei Stunden benötigen, ihn in die Luft zu bekommen, worauf das Seil riss und die Investition – nun ohne weitere Hilfe – zu den Sternen entschwebte. Im Lunapark würde man nach einem Teddybären angeln, obwohl man überhaupt keinen wollte, viel lieber hätte man eine Uhr. Doch weil Teddys sich nun mal leichter angeln lassen als Uhren und man lieber mit etwas nach Hause ging als mit nichts, entschiede man sich doch für den Teddy, der praktizierte Pragmatismus sozusagen, worauf man mit leeren Händen und einer Scheißlaune den Rummel verließ, vor sich hin fluchend: »Diese Dinger sind so eingestellt, dass man gar nichts erwischen *kann*!« Um dann jemand juchzen zu hören, der eine Uhr erwischt hatte, eine herrliche Seiko Quartz, nach nur einem Versuch. Man würde sich trösten mit der Behauptung, die Uhr sei doch nur ein Imitat aus

Fernost. Doch damit wären die möglichen Zerstreuungen auch schon zu Ende. Zwei Sandburgen bauen und zweimal Minigolf spielen in ein und demselben Urlaub wäre doch etwas zu viel der Banalität. Zuletzt würde man dumpf und ratlos vor Langweile zum Stand von Radio 2 gehen, wo gratis Ballons verteilt wurden sowie Probierpackungen für einen neuen Brotaufstrich, Minarine oder so, und dort den sich selber playbackenden Willy Sommers hören.

»Was hast du denn gegen Willy Sommers?«, hatte Martine konstruktiv mitgedacht.

Gegen Willy Sommers hatte Wannes natürlich gar nichts, obwohl er den Dschungelsound von Afric Simone viel lieber mochte. Es ging auch nicht um Willy Sommers, es ging um das Immer-Gleiche so eines Urlaubs.

Was sollten sie überhaupt am Meer machen? »Dein Kleiner kann ja noch nicht einmal schwimmen, mit seinen elf Jahren!«

»Du weißt genau, warum Jimmy nicht schwimmen kann. Vom Schwimmunterricht kommt er immer mit Fußpilz zwischen den Zehen nach Hause, darum versuch ich, ihn aus dem Schwimmbad möglichst herauszuhalten.«

Den Zehenfußpilz hatte Jimmy als ein Geschenk Gottes erfahren, denn eigentlich machte Wasser ihm eine Heidenangst. Erst mit vierzehn sollte es ihm gelingen, sage und schreibe zwei Meter Brust zu schwimmen. Im sechsten Schuljahr sollte der Lehrer noch überlegen, ihn ins Wasser zu werfen, als Tauchübung für die anderen und Teil der anstehenden Prüfung zum Rettungsschwimmer. Das war nur eine der vielen Piesackereien, die Jimmy sich in Badehose gefallen lassen musste. Gewisse Strömungen der Psychoanalyse hätten Jimmys Abscheu vor Wasser zweifellos als typische Neurose erklärt, verursacht von einem ungelösten Konflikt aus der Zeit, als Jimmy noch im

Fruchtwasser trieb. Ein Konflikt, natürlich, zwischen Mutter und Kind. Doch mit dieser Erklärung durfte man Martine nicht kommen.

»In meinem Fruchtwasser gab's überhaupt keinen Konflikt zwischen Jimmy und mir!«

Auch Jimmy hielt nichts von dieser Erklärung. Er, und nur er, wusste genau, woher seine Wasserscheu kam. Nicht seine Mutter war der Grund dieser Phobie, sondern sein Vater, der übrigens kein schlechter Schwimmer war und dieselbe Kraultechnik hatte wie Gordon Scott in *Tarzan, der Gewaltige*. Er wechselte vom Schmetterling lässig zum Seitenschwimmen, ging nach ein paar Metern Brust ebenso locker zum Delphin über, konnte – als eingefleischter Raucher! – vier Minuten und siebzehn Sekunden unter Wasser bleiben und war fest entschlossen, seinem Sohn eines Tages die edle Kunst des Schwimmens beizubringen. Und der Tag kam: der 14. Oktober 1977. Jimmy stand am Beckenrand, zitternd vor Kälte, und schaute zu, wie sein Vater die einleitenden Demonstrationen begann. Mit viel Show und Trallala sprang er ins Wasser, leider im Nichtschwimmerbereich, wodurch er mit dem Kinn voll auf den Boden knallte und sein Gebiss verlor. Als der Vater so zahnlos aus dem Wasser auftauchte, hatte Jimmy unwillkürlich loslachen müssen, und das sollte er büßen. Niemand demütigte seinen Alten ungestraft vor allen Leuten. Der Vater packte ihn im Nacken und zerrte ihn mit in die Tiefe, auf der Suche nach dem Gebiss, das erst zwei Minuten später wieder herausgefischt wurde. In Jimmys Fall reichte das für gut durchgespülte Lungen und ein lebenslanges Trauma.

Mochte die Küste mit dem Zug auch schnell zu erreichen sein – insgesamt war es vielleicht doch keine so gute Idee.

»Und wenn wir mit dem Bus in Urlaub fahren würden?«, hatte Wannes schließlich gefragt. »Irgendwas Organisiertes? Was meinst du?«

»Kennst du noch den Slow?«, hatte Martine versonnen erwidert.

»Hä? Welchen Slow?«

»Ach, ich mein bloß: ›Kennst du noch den Slow?‹ – das ist ein Lied von Willy Sommers. An den Titel musst ich grad denken.«

Da sie in der Vergangenheit immer wieder mit einem blauen Auge hatte herumlaufen müssen und den Neugierigen nicht ewig weismachen konnte, sie sei gegen die Tür gerannt, die Treppe hinuntergefallen oder habe zu nah am Tor ihres Fußball spielenden Sohnes gestanden, hatte Martine eine gewisse Menschenscheu entwickelt. Wie ihr Vater lief sie gesenkten Blicks durch die Straßen, doch wenn sie dabei eine Münze fand, war das für sie reine Nebensache. Hörte sie Maurer in Wochenendlaune von den Gerüsten pfeifen, ein Ereignis, das sich zum Glück immer seltener ergab, stieg ihr die Schamröte bis über die Ohren, und sie wäre am liebsten weggelaufen. Hörte sie irgendwo ihren Namen rufen, täuschte sie Schwerhörigkeit vor und setzte unbeirrt – und vor allem, ohne sich umzudrehen – ihren Weg fort. Man konnte sie leicht derb im Umgang finden, ihre Verschlossenheit als Desinteresse missverstehen. Wie man es auch drehte und wendete und welche Entschuldigung man auch suchte: Raffiniert waren ihre sozialen Fähigkeiten nicht. »Guten Tag« sagte sie so, als müsste sie für jede Silbe einzeln bezahlen, falls sie es überhaupt über die Lippen brachte. Und jemandem höflich die Tür aufzuhalten war erst recht nicht ihr Ding.

Unauffällig zu leben – ein größeres Verlangen kannte sie nicht. Ein Leben mit so wenig Augenkontakt wie möglich. Eine Weile hatte sie zu diesem Zweck ihr Heil in Sonnenbrillen gesucht, doch leider fiel ihr Geschmack immer ausgerechnet auf jene Modelle, die sie in den Mittelpunkt des Interesses katapultierten.

Ihr ganzer Charakter beruhte auf Scham. Sie schämte sich für ihre Herkunft, ihre Farblosigkeit, ihre armseligen Eltern, ihren Abschluss als Näherin und Zuschneiderin, ihre erbärmlichen Jobs, ihren Säufer von Mann, ihr ungewolltes Kind, ihren Kopf voller Beulen und Schrammen, ihre zerdepperten Möbel, ihren aufquellenden Körper, die trostlosen Mietswohnungen, die sie mit Müh und Not bezahlen konnte, die Mäuse, die sich dort tummelten … Zu guter Letzt, auch wenn sie den Tag herbeigesehnt hatte, schämte sie sich sogar für ihre Scheidung. Für die anderen, deren Gedanken zu erraten ihr ein Kinderspiel schien, war sie nicht einfach vor einem Tyrannen geflohen, nein, sie war mit einem anderen Mann durchgebrannt. Soll heißen: Sie war eine Hure. Davon war Martine nicht abzubringen, das war das Wort, mit dem man über sie tratschte, bestimmt: »Hure.«

Man kann sich so lange für alles Mögliche schämen, bis es zur Gewohnheit wird, auch wenn es eines von den Göttern ertrotzten Tages eigentlich nichts mehr gibt, wofür man sich schämen müsste.

Das Wort »Burka« sagte Martine vorläufig noch nichts, Kreuzworträtsel fragten nicht danach, und noch gut fünfzehn Jahre sollte es dauern, bis Fernsehsendungen ihr und anderer Leute Leben damit bereicherten, in Sätzen wie: »Frauenrechtsorganisationen betrachten dieses Kleidungsstück als x-tes Zeichen der Unterjochung der Frau durch den Mann.« In bestimmten Momenten jedoch hätte Martine sich liebend gern unter einem solchen Gewand verkrochen, dem Ganzkörperschutz gegen die tägliche Scham.

Und ausgerechnet sie sollte sich jetzt zu einer Gruppenreise anmelden?

Wannes verfügte über eine ganz andere Art Überzeugungskunst, als Martine bisher von Männern kannte. So brauchte er – um nur ein Beispiel zu nennen – etwa beim Argumentieren überhaupt nichts kaputtzuschlagen. Die Stimme zu erheben fand er unter seiner Würde. Das führte allerdings dazu, dass er etwas länger brauchte, sein Ziel zu erreichen. Mit der Geduld eines Fernschachspielers führte er jeden Tag einen neuen Punkt an: Martine werde nicht mehr geschlagen, wohne nicht mehr in einem Haus mit Pappmascheewänden, aus denen das Ungeziefer hervorkroch, sondern in einer anständigen Wohnung mit Teppichboden und Badezimmer, ihre Arbeit sei vielleicht nicht gerade super bezahlt, aber immerhin habe sie Arbeit, und außerdem sei sie verdammt gut darin, et cetera, et cetera in aeternam vallera. Kein Grund also – denn darum ging es Wannes in seinem täglichen Überredungssermon –, sich vor anderen für irgendetwas zu schämen.

Was er allerdings übersehen und nicht einkalkuliert hatte, war, dass Martine besonders der piefige Ruf solcher Busreisen störte. So ein Urlaub erinnerte sie vor allem an Rentnertouren wie etwa die nach Banneux, dem wallonischen Wallfahrtsort. Unterwegs spielte man Bingo, um die Zeit totzuschlagen, gab dem Busfahrer Kassetten mit Akkordeonmusik, zu der alle mitsingen mussten, und nach Erledigung der religiösen Formalitäten wurde der Souvenirshop gestürmt, wurden Preise verglichen und Jagd auf die Schnäppchen gemacht. Danach wurde an einem Tanzlokal mit Hammondorgel, nicht allzu glatter Tanzfläche und Diskokugel gehalten, wo es Apfelkuchen zum Sonderpreis gab und man im Festsaal einer Demonstration neuer Handwaschmittel (mit verbesserter Wirkstoffformel) sowie elektrischer Dosenöffner beiwohnen konnte, Letzteres natürlich ohne jede Kaufverpflichtung, außer einer moralischen.

Doch auch ein Fernschachspieler verliert irgendwann die Geduld.

»Ich weiß nicht, was ich bei dir falsch mache, aber so langsam hab ich den Eindruck, dass du überhaupt nicht mit mir in Urlaub fahren *willst*. Bin ich dir nicht gut genug? Ein zu großer Simpel? Passt dir meine Nase nicht? Erklär's mir, denn ich versteh's nicht. Ich versuch, dir einen Urlaub zu bieten, verdammt noch mal, dir *und* dem Bengel, und an jedem Vorschlag hast du irgendwas rumzumäkeln. Dann geh doch zurück, wo du herkommst, wenn's da so großartig war! Geh zurück zu diesem Brüllaffen und verreis zusammen mit ihm, mit dem hat das der gnädigen Frau ja offenbar mehr Spaß gemacht! Na los, mach dir um mich keine Sorgen, ich komm schon zurecht. Verkriech dich mit ihm in 'ner Hütte in den Ardennen oder lass dir in Amsterdam Tulpen schenken, wenn du das alles romantischer findest, fahr mit ihm nach Stenay ins Biermuseum, mir ist es egal, hörst du? Piepschnurzegal!«

Und zum ersten Mal im Leben schlug er etwas kaputt, genauer: einen Teller, Delfter Blau aus der nummerierten Serie *Die Jahreszeiten*.

»Und wo ich schon mal dabei bin, kann ich die andern drei gleich auch noch zerdeppern!«

Und so geschah's. Die Nachbarn waren sowieso nicht zu Hause.

Erst jetzt, während die Scherben von *Der Herbst* ihr um die Ohren flogen, war Martine sich endlich ganz sicher, noch nie war das Gefühl so überwältigend gewesen. Das Gefühl, die Überzeugung: »Er liebt mich!«

Der Seniorchef von Van-Boterdael-Reisen hatte Wannes und Martine zu einem ausrangierten Busschuppen geführt, der zu einer Art Museum umgebaut worden war. Jetzt, wo er sich zur Ruhe gesetzt und die Geschäfte seinem Sohn überlassen hatte, nahm er sich gern die Zeit, potenziellen Kunden die stolze Geschichte seines Familienunternehmens zu erklären. Wie aus einfachsten Anfängen alles begonnen hatte, mit einem Pferd und einem Karren. Er präsentierte seine Sammlung Postkutschen, Landauer, Kremser, Kaleschen und Coupés, um schließlich bei seinem Prunkstück zu landen, der blitzblank gewienerten Cannstatt-Daimler von circa achtzehnhundertneunzig.

»Mit dieser Kutsche haben wir den Bürgermeister von Zwevezele noch zu seiner Maitresse gefahren – das war neunzehnhundertvier! Die Gardinen da haben wir übrigens auf persönlichen Wunsch des Stadtoberen vor die Fenster gespannt. ›Der Kunde ist König‹, das war schon immer unser Prinzip.«

Er tat, als sei die Anekdote ihm gerade erst eingefallen, in einer nostalgischen Anwandlung, doch in Wirklichkeit erzählte er sie all seinen Opfern.

»... Verrückt, wie's manchmal geht: Irgendwann muss eine Leiche zum Friedhof gebracht werden, und einer hat zufällig einen Pferdekarren, Kamiel van Boterdael in diesem Fall, und er denkt: Schau an, offenbar gibt's für solche Fahrten einen Bedarf, und eh er sichs versieht, ist er Beerdigungsfuhrunternehmer. Als er merkt, dass auch die Lebenden ab und zu mal irgendwohin transportiert werden müssen, kauft er ein paar Kutschen und Pferde dazu, und nach und nach wächst so die Firma, die mit einem einzigen Karren begonnen hat, und heute überträgt sein Urenkel einen Wagenpark von mehr als zwanzig Super-de-Luxe-Reisebussen auf seinen Sohn, den Ururenkel des Gründers. Ist das nicht phantastisch?«

»Ja, ganz phantastisch«, hatte Wannes geantwortet, teilweise auch darum, weil er sich dazu genötigt fühlte.

»... Es fängt an mit einem zufälligen Toten, der zum Friedhof gebracht werden muss, und ein paar Generationen später fahren wir die Lebenden durch ganz Europa, ins Tiroler Oberland, in die Dolomiten, an den Lago Maggiore, zum Großglockner, ins Sauerland, nach Kärnten, an die Masurischen Seen et cetera, et cetera. Ist das nicht phantastisch?«

»Wirklich phantastisch«, begann Wannes noch einmal, diesmal klarer artikuliert. »Wirklich phantastisch – und wie schön, dass Sie das all die Jahre in der Familie halten konnten.«

»Ach, wissen Sie, heutzutage gibt's Leute, die würden die eigene Frau meistbietend versteigern. So ist die Welt heute. Jetzt hör ich, sie wollen unsere gute Côte d'Or an eine Schweizer Firma verkaufen. Das will mir nicht in den Kopf. Wenn man auf etwas stolz ist, hält man's doch in der Familie, stimmt's oder hab ich recht? An dem Tag, wenn Van-Boterdael-Reisen keinem van Boterdael mehr gehört, fress ich meinen Hut.«

Der alte Geschäftsmann füllte die Leere des Ruhestands einfachheitshalber mit Reden und erzählte von den schwierigen Zeiten für Busunternehmer.

»Aber die Wissenschaft arbeitet ja auch gegen uns. Früher holten wir über die Hälfte unseres Umsatzes aus unseren Fahrten nach Lourdes. Jeden Monat gingen zwei Busse zur Grotte der heiligen Bernadette, und glauben Sie mir, die waren ausgebucht bis auf den letzten Platz. Für die Reisen gab's Wartelisten von hier bis Boelare. Und jetzt? Heut sind die Ärzte besser als die Pastoren! Sie reden weniger und bringen in Ordnung, was repariert werden muss. Je besser die Antibiotika, desto leerer die Kirchen. Und das merken wir bei unseren Busreisen natürlich auch. Selbstredend organisieren wir immer noch Fahrten nach Lourdes. Aber das Interesse ist nichts mehr im Vergleich zu früher. Darum haben wir unseren Fokus erweitert. So wie der erste van Boterdael den Schritt von den Toten zu den Lebenden machte, machen wir jetzt den von den Kranken zu den Gesunden. Innovation heißt das Zauberwort!«

»O ja, natürlich.«

»So natürlich ist das gar nicht! Sehen Sie sich die vielen Geschäftsleute doch an, die früher ganz gut verdient haben, aber sich für Innovationen zu fein waren, und die jetzt mit 'ner Decke um die Schultern in der Nieuwstraat sitzen und betteln!«

»Da sieht man«, ergänzte Wannes, »dass Selbstzufriedenheit nur allzu oft zu Stillstand führt.«

Offenbar hatte er ein Talent zum routinierten Führen leerer Gespräche, eine Kunst, die sonst eher von Frisören und Wirten gepflegt wurde. Martine warf ihm einen bewundernden Blick zu. *Selbstzufriedenheit führt allzu oft zu Stillstand* – meine Herren! Doch der Senior ging auf Wannes' Wandspruch nicht ein, in einem Monolog musste man schließlich immer drei Absätze vorausdenken und durfte sich von nichts und niemandem ablenken lassen.

»… Aber nicht nur die Medizin bringt uns nach und nach an den Rand des Ruins, es ist auch der Snobismus der Leute. Heutzutage müssen die ja mindestens den Flieger nehmen, damit sie zufrieden sind. Ein Bus ist nur noch was für Idioten, wenn Sie verstehen, was ich meine. Von den Wasserfällen von Coo oder dem Löwen von Waterloo will der Tourist nichts mehr wissen, für ihn sind das bloß noch langweilige Schulausflüge. Mindestens nach Spanien muss es heut gehen! Und sollten Sie denken, dass jetzt in der Krise unsere, zugegeben, bescheideneren Reisen, wie zum Beispiel ›Vier Tage an die Mosel‹ oder ›Unter der Woche in die Vogesen‹, dass gerade die jetzt besonders gut laufen müssten – und seien wir ehrlich, es *ist* Krise, wenn wir schon fünfunddreißig Dollar fürs Fass iranisches Rohöl hinblättern müssen, Junge, Junge, wo soll das noch enden, wo soll das alles noch enden … –, aber Pustekuchen, nichts! Grad in der Krise gibt's immer welche, die zeigen müssen, dass das alles sie nichts angeht, und die steigen dann in den Flieger.«

Martine trug keine Armbanduhr, seit ihr vom Schweißgeruch unter dem Lederband übel wurde und sie das zugehörige Jucken nicht mehr ertrug, aber jetzt hätte sie gern eine gehabt, um einen demonstrativen Blick darauf zu werfen.

»Wie gesagt, Innovation, das heißt, immer am Ball bleiben! Wussten Sie, dass die auf dem Genfer Autosalon dieses Jahr erzählt haben, die Reisebusse der Zukunft hätten Fernseher als Standardausrüstung? Können Sie sich das vorstellen? Fernsehen im Bus? Fernsehen! Der Individualismus triumphiert, die Laxheit regiert. Aber wenn die Leute eine Folge von *Home Is Where My Children Cry* verpassen, wollen sie nicht mehr in Urlaub, und wir können uns mit dem Styroporbecher neben die anderen in die Nieuwstraat stellen und mitbetteln. Sie können das traurig finden, können sagen, wir bereiten den Weg zu einer asozialen Gesellschaft, aber wir müssen mit der Zeit gehen, wie kalt und egoistisch die einem auch immer vorkommen mag: sich wandeln oder untergehen – Innovation und nochmals Innovation! In ein paar Jahren können Sie auch mit unseren Bussen an den Gardasee oder Gott weiß wohin fahren und unterwegs *Home*

Is Where My Children Cry gucken. Wir bringen Sie ans andere Ende der Welt, und Sie brauchen keine Folge Ihrer Lieblingsserie zu verpassen!«

»Toll!«, stieß Martine, endlich wachgerüttelt, bei dieser Mitteilung hervor. Eigentlich eher ein Wort aus dem Vokabular ihres Sohns. Toll. Rotznasenjargon.

»Na, eh ich Sie noch länger mit meinem Geschwätz aufhalte: Hatten Sie schon Zeit, sich über Ihr eventuelles Reiseziel Gedanken zu machen?«

»Wir hatten eigentlich an den Schwarzwald gedacht«, bekannte Wannes, der netterweise die erste Person Plural benutzte.

»Aha! Schwarzwald! Der Himmel auf Erden, sage ich Ihnen! Mit zwanzig Jahren Erfahrung in der Region können Sie uns dafür ruhig Marktführer nennen. Wie für Sie gemacht, glauben Sie mir!«

Das war der Moment für Martine, ihre heikle Frage zu stellen, jetzt, solange sie noch zurückkonnte.

»Aber ist es da nicht zu kalt?«

»Zu kalt?«

»Ja, zu kalt. Wenn wir schon mal in Urlaub fahren, wollen wir wenigstens nicht dasitzen und bibbern oder nass werden, und Deutschland gilt doch nicht grad als ein Land, wo man sich einen Sonnenbrand holt, nicht wahr?«

»Zu kalt, sagen Sie? Gnädige Frau, im Schwarzwald wachsen Bananen, schlagen Sie mir den Kopf ab, wenn's nicht wahr ist. Sie werden's mit eigenen Augen sehen: Auf einer Insel im Bodensee hängen die in Stauden wie Kronleuchter über Ihrem Kopf! Die können Sie im Leben nicht aufessen, so viele sind es. Ist es da dann zu kalt, was meinen Sie?«

»Und das Deutsch? Wissen Sie, keiner von uns beiden spricht

die Sprache, und was haben wir da zu suchen, wenn wir uns nicht verständigen können?«

»Machen Sie sich darüber mal gar keine Sorgen, unsere Reiseleiter sprechen so viele Sprachen wie der Papst beim Ostersegen. Und außerdem, nichts ist so leicht zu verstehen wie Deutsch. Moment, ich such grad ein Beispiel … Ja, hier: Wissen Sie, was das heißt? Sie werden sehen, es ist ganz einfach …« Und geschickt fremdsprachig fuhr er dann fort: *»Hast du Haare am Arsch?«*

»*Hast du …* – sagen Sie's noch mal?«

»Hast du Haare am Arsch?«

»Tja, nein, ich wüsst jetzt nicht, was das heißen soll.«

»Haben Sie Haare am Arsch!?«

»Nur so 'n paar«, bekannte Martine.

So, haben wir jetzt alles?«

Hätte am Morgen vor ihrer Abfahrt jemand in Wannes' und Martines Koffer geschaut, er hätte sich kaum vorstellen können, dass sie irgendetwas *nicht* dabei haben könnten. Für jede Hose hatten sie mindestens eine Ersatzhose im Gepäck. Da die deutsche Küche weit und breit für ihren außerordentlichen Fettgehalt berühmt war, hatte Martine eine ganze Reiseapotheke an Transithemmern und Antidiarrhoika eingepackt. Und für den Fall, dass die germanische Scheißerei wirklich mit aller Kraft zuschlagen sollte, hatte sie ihren Hausarzt um ein Rezept für das stärkste Mittel am Markt gebeten: eine Tablette der NASA, speziell für die Bemannung des Space Shuttle Columbia entwickelt, die den Darminhalt binnen Sekunden nach Einnahme zuverlässig versteinerte. Die Keksdose voller Hosenknöpfe, der Notvorrat Schnürsenkel, zwölf Spulen Garn mit ebenso vielen Nähnadeln, alles musste mit ins Gepäck. In Deutschland gültige Rabattgutscheine hatte Martine leider keine. Anderthalb Wochen im Voraus hatte sie zu packen begonnen, um auf Nummer sicher zu gehen. (»Denn wenn man alles erst in letzter Sekunde erledigen muss?«) Sie hatte eine Liste mit den nötigsten Utensilien geschrieben und hakte ab, was schon im Koffer war. Ein echtes Organisationstalent, keine Frage. Für jede Wetterlage hatte sie Kleidung dabei, hatte schlau ein Bügeleisen, eine Flasche destilliertes Wasser und eine Dose Sprühstärke der Wundermarke Remy eingepackt, um bei Tisch ordentlich auszusehen. (»Die sollen nicht denken, wir kämen zum ersten Mal unter Leute!«) Den Föhn, die Duschhaube, die Badelatschen, die Schuhcreme, den Bademantel, die Pyjamas … – alles rein in die Koffer! Und nicht zu vergessen: ihr Gesundheitslexikon, in dem nicht nur die wichtigsten Phobien beschrieben, sondern auch Tipps gegeben wurden, wie man allerlei kleine, leicht zu erkennende Krankheiten selbst behandeln konnte. Im Seitenfach ihres Koffers steckte ein Zettel mit zu benachrichtigenden Personen für den Fall ihres Todes (man wusste ja nie, die Gefahren für Leib und Leben nahmen jeden Tag zu) sowie ein Ansatz zu einer Art Testament.

Sein Status als Fabrikarbeiter bereitete Wannes nicht unbedingt Minderwertigkeitskomplexe, aber er spürte doch die Gefahr, dass sie irgendwann kommen könnten, in der Midlifecrisis zum Beispiel, ein Zustand, den die Zeitschriften beim Frisör als eine Art Pubertät für Erwachsene erklärten. Um sein Selbstbild aufzupolieren, hatte er sich bei einem Buchclub angemeldet. Dem Kleingedruckten des Vertrags zufolge musste er jeden Monat mindestens ein Buch abnehmen, wenn er sich auf keinen Prozess einlassen wollte. So zwang er sich, eine Bibliothek anzulegen. Ein erster Schritt für den aufstrebenden Autodidakten. Der nächste Schritt hätte nun sein müssen, die Bücher auch wirklich zu lesen, und die Reise erschien ihm dazu als ideale Gelegenheit, fürs Erste zumindest. Im Bus, an Regentagen, auch auf der Toilette vielleicht, weil er in Deutschland bestimmt keine Zeitung in seiner Muttersprache hätte. Er gehörte nun mal zu den Menschen, die auf dem Klo etwas lesen müssen, davon gab es einige, vor allem bei Männern.

Martine hatte sich gerade mit vollem Gewicht auf einen Koffer gesetzt, um ihn zuzubekommen, als Wannes mit zwei bleischweren Wälzern zu ihr trat und fragte, ob die noch hineinpassten: *Agenten lieben gefährlich* und *Im Tal der bittersüßen Träume*, zwei Romane aus der Feder des Meistererzählers Heinz Günther Konsalik, zufällig ein Deutscher. Wenn sich schon mal ein Zufall ergab, musste man ihn auch nutzen.

Die deutschen Mark hatten sie rechtzeitig bei der Bank bestellt und auch schon abgeholt. Um sich den Wechselkurs einzuprägen und das Umrechnen zum Automatismus zu machen, wurde täglich die Multiplikationsreihe von 20 gepaukt, und man spielte Monopoly mit imaginären Pfennigen. Letzteres war Wannes' Idee gewesen, und er kam sich prompt vor wie ein Didaktikgenie. Da sie nicht wussten, ob es im Schwarzwald genug Banken gab und ob die dann auch in der Nähe waren, hatten sie lieber gleich ausreichend Bargeld mitgenommen. Am sichersten war es ihnen erschienen, das Geld auf verschiedene Portemonnaies zu verteilen, Diebe gab's überall, und Touristen waren schon immer deren Lieblingsopfer gewesen. Ein paar große Banknoten wurden in Martines BH eingenäht, der Umschlag mit den Reiseschecks in ein Kreuzworträtselheft gesteckt.

Jaco, der taubstumme Papagei, wurde für eine Woche zu Wannes' Eltern gegeben. Weniger, um ihn vorm Hungertod zu bewahren (im Prinzip konnte man Körner und Samen für einen ganzen Monat in seinen Futterbehälter füllen), vielmehr war es die Einsamkeit, die der Papagei nicht ertragen hätte. Von Zeit zu Zeit brauchte er Zuwendung von einem Menschen. Geschah das nicht, zerpflückte er sein Federkleid bis zum letzten Rest und saß wie ein abgenagter Hühnerknochen auf seinem Stab, sich apathisch vor und zurück wiegend, wahrscheinlich von Afrika träumend und vom Äquator.

Den größten Gewinn von diesem Urlaub hatte zuletzt noch der Goldfisch. Natürlich konnte das arme Tier nicht eine ganze Woche lang in seinem Gurkenglas bleiben, wenn das Wasser nicht mindestens einmal gewechselt wurde. In einem Glas überleben zu müssen, das dunkelgrün war vor Kacke – man musste schon völlig gefühllos sein, um nicht zu begreifen, dass es Schöneres gab, auch für einen Fisch. Darum wurde beschlossen, die Badewanne zu füllen und dem namenlos gebliebenen Achtflosser eine Woche fast ozeanischer Bewegungsfreiheit zu gönnen. Gut möglich, dass er am ersten Tag einen Flossenkrampf bekam, eh er die andere Seite erreichte!

»Okay, haben wir jetzt alles?«

»Ich glaube schon.«

»Sind alle Lichter aus? Alle Stecker gezogen? Die Batterien aus der Uhr genommen? Der Boiler abgestellt? Die Fernsehkabel aus der Buchse gezogen? Sind alle Fenster zu? Auf der Toilette noch mal richtig gespült? Das Wasser abgestellt? Der Kühlschrank abgetaut und ratzeputz leer? Haben die Pflanzen noch Wasser bekommen? Sind die Fahrräder im Hof abgeschlossen? Ja? Sicher? Ganz sicher? Zweihundertprozentig? Dann können wir gehen, nehme ich an.«

Und weg waren sie, bepackt wie Flüchtlinge in einem Bürgerkrieg. Es waren mindestens noch drei Kilometer bis zu dem Treffpunkt, wo der Reisebus sie einladen sollte. Keine fünfhundert Meter jedoch, und Martine stieß schnaufend hervor: »Und dabei wär's zu Hause so schön gemütlich gewesen!« Es war ihr nur so herausgerutscht, doch hätte es den Urlaub gründlich verderben können, noch ehe er richtig begonnen hatte. Aber Wannes hatte es nicht gehört oder konnte sehr gut so tun als ob. Was er jedoch nicht überhören konnte, war Martines plötzlicher Schrei.

»Wannes!!!«

»Was ist denn?«

»Ich glaub, ich hab die Balkontür nicht verriegelt!«

»Ist sie denn zu?«

»Ja, zu ist sie. Aber nicht verriegelt!«

»Na und? Wir wohnen im vierten Stock, wer so in die Wohnung einsteigen will, müsste schon Zirkusartist sein. Ich wüsste übrigens nicht, was es bei uns noch zu holen gäbe; alles, was wir haben, steckt in unsern drei Koffern.«

»Wir müssen zurück, Wannes! Ich hab keine Ruhe, bis ich nicht ganz sicher weiß, dass die Balkontür verriegelt ist. Ich kann keine Sekunde der Reise genießen, und ihr habt dann auch nicht viel Freude an mir!«

»Ach, weißt du was? Schau doch allein nach! Ich warte hier mit Jimmy, bei den Koffern. Und beeil dich ein bisschen, sonst fährt der Bus ohne uns ab!«

Der frühe Morgen eines fußballlosen Sommers, die Straßen noch völlig verlassen. Jimmy mit Wannes allein auf dem Bürgersteig, flankiert von drei prallen Reisekoffern; er wartete, dass seine Mutter von ihrer Extra-Inspektionsrunde zurückkehren würde. Es geschah nicht oft, dass Jimmy mit Wannes allein war, und wenn, war ihm das meist unangenehm. Er wusste nie, was er mit dem Mann reden sollte. Bei seiner Mutter war er selten um Gesprächsstoff verlegen, er quasselte und quasselte ohne Pardon, eine Schwatzliesel, gefangen in einem Jungenkörper, so dass die Leute manchmal schon sagten: »Wenn der Kleine wenigstens mit Batterien laufen würde, dann wüsste man, dass die irgendwann ausgehen, und hätt wenigstens eine kleine Hoffnung.« Doch in Wannes' Nähe verstummte der Alleinunterhalter in Jimmy.

»Na, Junge, hast du deine Zunge verschluckt?«

Jimmy kam der Gedanke, dass die Sorge wegen der unverriegelten Balkontür möglicherweise nur vorgetäuscht war. Zumindest einmal vor der Fahrt musste man eine Gelegenheit schaffen, ein ernstes Wörtchen mit dem Sohn zu reden, von Mann zu Mann sozusagen, und zwar so, dass es spontan wirkte. Wannes und Jimmy im Vier-Augen-Gespräch. Jimmy, so dachten sie wohl, bräuchte das Gefühl, von einem Erwachsenen ernst genommen zu werden. Genauer, von einem erwachsenen Mann! Er konnte sich vorstellen, wie seine Mutter ihrem Lover zugeflüstert hatte: »Sag du's ihm, von dir wird er's leichter annehmen!«, und sich darum für einen Moment von den beiden entfernt hatte, als Diva in der von ihr inszenierten Komödie.

Lang konnte es nicht mehr dauern, ein paar Sekunden vielleicht, und Wannes würde das Wort an ihn richten. Sein Ton wäre freundschaftlich und belehrend. Verständnisvoll, doch auch ermahnend. Vielleicht würde er mit etwas anfangen wie: »Schau, Jimmy, natürlich weiß deine Mutter nicht, was es bedeutet, mit einem Pimmel zu leben, sie hat ja keinen, nicht dass ich wüsste jedenfalls, hahaha, und darum weiß sie logischerweise auch nicht, was es heißt, mit einem Pimmel zu pinkeln. Vielleicht geht sie zu selbstverständlich davon aus, dass es keine Kunst ist, unseren Wasserstand auf Normalpegel zu bringen, will ich mal sagen, und weiß überhaupt nicht, dass ein Mann, ein richtiger Mann, der stolz und aufrecht wie ein Baum pinkeln will, den Radius, die Kraft und die Richtung des Strahls schon vor dem ersten Tropfen genau berechnen muss. Keine leichte Aufgabe, wirklich. Darum müssen wir mild sein mit den Frauen, die kein Verständnis für Jungen haben, die ihre Klobrille nass spritzen, sie wissen's nicht besser, die Frauen meine ich. Das heißt aber nicht, dass wir uns selbst gar keine Mühe zu geben brauchen. Und schon gar nicht, dass wir die Klobrille wie ein Action-Painter bekleckern. Okay, nicht jeder kann Meisterschütze sein, und Pannen kommen immer mal vor, aber wenn du das Becken schon nass spritzt, was sag ich?, das ganze Klo unter Wasser setzt, dann ist das Mindeste, was wir von dir erwarten, dass du die Schweinerei wieder wegmachst. Und nicht einfach husch, husch ein Stück Klopapier drüber oder den Vorleger über die Pfütze, nein, *richtig saubermachen*. Oder hättest *du* Lust, mit dem Hintern in der Pisse von jemand anders zu sitzen? Sieh zu, dass sich das ändert, oder du kannst in Zukunft dein Geschäft im Katzenklo machen ...!«

Doch Wannes sagte etwas ganz anderes: »Erst schuf der Herr den Mann und dann das Weib, damit der Mann sich dran gewöhnt, wie's ist, auf sie zu warten.«

Blöde, fand Jimmy, dieses heuchlerische Kumpel-Getue, dieses Pseudo-Geklüngel hinter dem Rücken seiner Mutter. Wenn das Wannes' Art war, jemands Vertrauen und Freundschaft zu gewinnen! Den Abwesenden zum gemeinsamen Feind erklären – eine Technik, die Jimmy auf dem Schulhof häufig genug erlebte, ja, die er auch selber schon angewandt hatte, er wollte hier gar nicht das Unschuldslamm spielen. Doch ein Erwachsener, der sich mit so miesen Tricks bei einem Kind einschleimen wollte?

Natürlich war es auch für Wannes nicht einfach, um die Sympathie des Jungen werben zu müssen. Eine Sympathie, die er um jeden Preis brauchte, das war offensichtlich. Wenn es ihm nicht gelang, ein gutes Verhältnis zu dem Kind aufzubauen, würde er über kurz oder lang auch seine Geliebte verlieren. Das wusste Wannes. Und das wusste auch Jimmy. Und Wannes wusste, dass Jimmy es wusste, und umgekehrt Jimmy von Wannes. So wie auch beide wussten, dass sie es voneinander wussten, das von dem Wissen, und das von dem Wissen des Wissens. Oder so ähnlich.

»Wo wir jetzt doch hier warten und Zeit haben, uns mal zu unterhalten ...«, begann Wannes.

Langsam ließ er die Katze aus dem Sack, etwas musste er loswerden, bevor sie den Bus bestiegen, und dies war die letzte Gelegenheit. Jimmy hatte es gewusst, ihm machte keiner was vor.

»Wo wir jetzt doch hier stehen … Ich möchte, dass du mich in Zukunft nicht mehr mit meinem Vornamen anredest!«

»Mit was für 'nem Vornamen denn dann?«

»Jimmy, jetzt lass endlich mal das Theater, du weißt genau, was ich meine. Bald sitzen wir drei zusammen im Bus, mit lauter anderen Leuten, die uns nicht kennen und mit denen wir knapp eine Woche auskommen müssen. Wenn die nun hören, dass du kleine Wanze mich mit ›Wannes‹ ansprichst, was meinst du dann, was die denken?«

»Dass du Wannes heißt?«

»Jetzt hör mal gut zu, Jimmy. Wir hätten auch ohne dich in Urlaub fahren können, kein Problem, auch nicht für deine Mutter. Ohne dich wäre es nicht nur viel billiger geworden, sondern für uns – deine Mutter und mich – auch ein ganzes Stück ruhiger. Aber wir wollten dich dabeihaben, verstehst du, als Familie verreisen! Verstehst du das, Jimmy? Eine Familie! Für das Essen auf deinem Teller hab *ich* geschuftet! Nicht allein, auch deine Mutter rackert sich ab für uns. Aber ich auch! Und versteh mich nicht falsch, keiner muss mich dazu zwingen, aber du solltest schon wissen, dass ich, auch um *deinen* Magen zu füllen und *dich* anzuziehen, das ganze Jahr in der Scheißfabrik geschuftet hab. Ich bin vielleicht nicht dein Vater … na ja, ›vielleicht‹ – am Ende denkst du jetzt noch was Falsches … ich bin nicht dein Vater, Punktum, aber trotzdem bin ich es immer noch mehr, als es dein Vater je war. Stimmt's oder stimmt's nicht? Darum möchte ich, dass du von heute an ›Vater‹ zu mir sagst, ›Papa‹ geht auch, oder ›Pa‹ von mir aus. Wie's dir am liebsten ist, wie's dir am besten auf der Zunge liegt. Such es dir aus. Verstanden?«

»Ja.«

»Ja – wer?«

»Ja, Wer!«

Dieses Gespräch war auf Krieg angelegt, und Wannes war sich nicht sicher, ob er den Rotzlöffel besiegt hatte, nur mit sprachlichen Waffen. Auch für ihn war es darum eine Erlösung, als am Ende der Straße Martine auftauchte, rot angelaufen vor Hektik, doch mit beruhigtem Gemüt. Denn alles war jetzt gecheckt und noch mal gecheckt, der Urlaub konnte beginnen.

»Und? War die Balkontür verriegelt?«

»Ja, bombenfest zu. Aber doch gut, dass ich noch mal nachgesehen hab: Die Badewanne stand voll Wasser!«

Gib irgendwem die Gelegenheit, die Identität zu wechseln, und er wird sie ergreifen. An sich arbeiten, an der Persönlichkeit, am Charakter, tut man ja ständig. Man würde gern öfter und klüger schweigen, wäre gern etwas geduldiger und weniger leicht gereizt, ein besserer dies, ein sensiblerer das. Etwas mehr Intelligenz ist auch immer willkommen, irgendwo unterm Schädel ist sicher noch Platz. Höchstwahrscheinlich würde ein Mensch, der zu Weggabelungen seiner Entwicklung zurückkehren dürfte, dort einen anderen Weg nehmen. Auf der Place de l'Étoile seines Lebens. Trotz seines geringen Alters wusste auch Jimmy davon schon ein Lied zu singen. Das vom Verlangen, jemand anders und damit fast sicher jemand Besserer zu sein. Mit seinen elf Jahren hatte er bereits Wege eingeschlagen, die er nie mehr verlassen sollte, will heißen Einbahnstraßen. So hätte er es damals natürlich noch nicht formuliert, doch er spürte, begriff es, und es belastete ihn. Chancen hatten sich ihm keine geboten, und wenn doch, hatte er sie verpasst. Auf dem Höhepunkt seiner fatalistischen Stimmungen war er überzeugt, dass die Möglichkeit, später zum Beispiel mal eine bedeutende Rolle in der Otorhinolaryngologie zu spielen, jetzt schon vertan war, und aus keinem anderen Grunde als dem, weil er im Unterricht über die Umrechnung von Stammbrüchen in Prozentzahlen nicht aufgepasst hatte. Nicht, dass er wirklich beabsichtigte, Hals-Nasen-Ohren-Arzt zu werden, überhaupt nicht, aber die Tatsache, so früh schon im Leben die Chance auf etwas, das er gar nicht wollte, verspielt zu haben, betrachtete er als einen Anschlag auf den freien Willen und als ein Drama. Wie war es dann erst um die Chancen bestellt, etwas zu werden, was man wirklich gern wollte?

Er hatte es bereits öfter gespürt, das Vergnügen, jemand anders zu sein. Oder genauer, für jemand anders gehalten zu werden, was oft genauso gut war. So erzählte er zum Beispiel neuen Freunden gern, er wäre Tiefseetaucher. Er, der sich schon in die Hosen machte, wenn er am Rand des Schwimmbeckens stand. Der bis zum Alter von neun noch Zeter und Mordio schrie, wenn seine Mutter die Wasserkanne über ihm ausgoss, um ihm den Schaum aus den (schlecht) gewaschenen Haaren zu spülen. Der immer noch panisch mit Schwimmhilfen um Arme und Bauch im Stadtbad strampelte, während er einen geeigneten Eröffnungssatz für seine anstehende Konversation mit dem heiligen Petrus probte. Ausgerechnet er stellte sich neuen Bekannten als Tiefseetaucher vor! Als Tiefseetaucher? Ach was – als Aquanaut! Nicht so sehr um anzugeben, mogelte er diese Freizeitbeschäftigung in seine Biographie hinein – obwohl das die einfachste Erklärung wäre –, vielmehr erfand er all die Geschichten, um zu sehen, was passierte, wenn man ihn für jemand anders hielt. Mit einer fast schon soziologischen Neugier. Er schwadronierte daher über Sauerstoffflaschen, Druckausgleich und Tiefenkoller, Schnorchel und BCDs, doch so überzeugend, dass jeder ihm glaubte. Mit Hilfe der Filme von Jacques Cousteau (die er gesehen hatte, wenn nichts anderes im Fernsehen lief, übrigens ohne nennenswertes Interesse, denn eine Reportage war ihm eigentlich wie die andere vorgekommen) unterfütterte er seine Lügengeschichten mit pseudowissenschaftlichem Geschwafel über Dekompressionskammern und versunkene Paradiese in den viel zu nassen Wassern vor der Küste Sudans.

Manchmal durchschaute ihn seine Mutter, wenn er seine Münchhausiaden aus der Schule mitbrachte. Dann sagte sie: »Junge, du musst mal Politiker werden!«, doch leider klang das nie wie ein Kompliment oder eine Ermutigung. Wo er in seinen Geschichten vor den anderen doch auch ihr Leben aufgepeppt hatte! Mehr und mehr hatte er über seine Herkunft gelogen: Sein Vater war kein nichtsnutziger Säufer mit einer lausigen Stelle, sondern eine Respektsperson. Nicht unbedingt Polizist oder Bankier, aber doch mindestens Makler. Schleusenwärter ging auch. Und seine Mutter brauchte nicht in einer düsteren Fabrikhalle Sättel aus Kunstleder zu steppen (für Aero-Motorräder von Honda, das blöde Zweitaktmodell), sondern hatte einen Blumenladen und war Spezialistin für Brautsträuße und Trauerbuketts. Oder er machte sie zur Krankenschwester. Oder Tupper-Party-Veranstalterin. Oder noch was ganz anderes. Wie sich's gerade ergab.

(»Sag mal, Jimmy, hast du letztes Mal nicht gesagt, deine Mutter arbeitet in einem Labor, irgendwas in der Forschung für neue Stoffe in Zahnpasta oder so?«

»Ja, stimmt! Nett, dass du dir das gemerkt hast! Aber da hat sie gekündigt, hab ich dir das noch nicht erzählt? Nach dem Labor hat sie eine Weile als Notenumblätterin bei einem berühmten Pianisten gearbeitet, Grolsch oder Stolz oder so, aber jetzt hat sie schon wieder eine andere Stelle. Meine Mutter braucht Abwechslung, weißt du. Bei ihr muss was passieren, sie hat wenig Sitzfleisch. Jetzt hat sie übrigens auch einen anderen Mann.«

»Quatschkopp! Pass auf, dass sie sich keinen anderen Sohn sucht!«)

Jimmy hätte es also wissen müssen. Wissen und kapieren müssen, denn wer sich selbst kennt, kennt zum Großteil auch den anderen: Was seiner Mutter hier auf einem Goldtablett präsentiert wurde, war nicht nur die Chance, ihre Identität zu ändern, sondern gleich ihre ganze Vergangenheit dazu. Und möglicherweise war ihr das viel wichtiger. Vielleicht hatte sie gar kein Bedürfnis, Fremden ihre Stelle als Näherin in der Motorradfabrik zu verschweigen, und schämte sich auch nicht dafür, statt Qualitätsware fast immer das Billigste nehmen zu müssen. Sie brauchte nicht zu verschleiern, was sie war und wie sie dachte. Aber wenn sie ihrem Lebenslauf eine vollkommen andere Gestalt geben durfte: sehr gern!

Gemeinsame Freunde hatten Wannes und sie nicht. Noch nicht jedenfalls. Doch das würde sich ändern. Jetzt. Hoffentlich. Gut möglich, dass sie sich den neuen, noch unbeschriebenen Geburtstagskalender in Erwartung ihres künftigen Freundeskreises gekauft hatten. Nach dieser Reise sollte er an der Toilettentür prangen, das war nun mal der Ort dafür, alle Innenarchitekten waren da einer Meinung. Geburtstagskalender hingen in Westeuropa an der Toilettentür, was auch erklärte, dass sich Verstopfung als allgemein gültige und akzeptierte Entschuldigung für jeden vergessenen oder verspäteten Geburtstagsgruß durchgesetzt hatte.

Das, unbestreitbar, war der neue Lebenstraum von Wannes und Martine: eine eigene, abbezahlte Toilettentür, geschmückt mit einem Geburtstagskalender. Ein Ausdruck der im sozialen Leben erzielten Erfolge. Und auf dem Kalender: Namen von ausnahmslos angenehmen Menschen, die weder Wannes noch Martine vor der Paarbildung gekannt hatten, unschuldigen Seelen, die glaubten, die zwei seien schon immer zusammen gewesen, seit dem Anfang der Welt.

Es war ganz einfach. In einigen Stunden würden sie die Mitreisenden kennenlernen, oberflächliche, doch aufrichtig interessierte Fragen würden hin und her gehen, und lange würde es nicht dauern, bis jemand auf die Idee käme, die beiden Turteltauben zu fragen: »Und wie lang seid ihr schon verheiratet?«

Jimmys Theorie zufolge hatten Wannes und seine Mutter auf diese Frage schon eine Antwort parat: vierzehn Jahre oder so. Das schien plausibel, vierzehn Jahre verheiratet. Warum nicht? Dann musste man zwar noch etwas an Wannes' Geburtsjahr herumdrehen, aber sonst hatten Fremde nicht den geringsten Grund, an der Dauer ihrer Ehe zu zweifeln. Vor der Fahrt waren Wannes und Martine alle potenziellen Fragen möglicher künftiger Freunde durchgegangen und hatten sich Antworten überlegt. Mit diebischer Freude hatten sie sich abends im Bett eine gemeinsame Vergangenheit aus den Fingern gesaugt und waren danach bereit für die Reise. Die Reise der Tabula rasa. Der einzige Stolperstein war jetzt nur noch Jimmy. Wenn der Junge sich weigerte, »Vater« zu Wannes zu sagen, fiel ihr Plan schmählich ins Wasser, und die schöne Vergangenheit zerbrach wieder in zwei völlig getrennte Teile.

»Darum möchte ich, dass du von heute an ›Vater‹ zu mir sagst«, hatte Wannes gemeint, »›Papa‹ geht auch, oder ›Pa‹ von mir aus. Wie's dir am liebsten ist, wie's dir am besten auf der Zunge liegt. Such es dir aus …« Um kurz darauf noch der größeren Klarheit halber hinzuzufügen: »Solang du mich nur nicht mehr Wannes nennst, denn sonst setzt's was!«

Verraten von seiner Mutter, die zu feige war, ihren Sohn selbst darum zu bitten. (*»Ach Junge, für mich ist das Theater gar nicht nötig, aber Wannes hätte so gern …«*) Ja, betrogen, gedemütigt, im Stich gelassen von seiner Mutter, die eine alberne Nummer mit einer unverriegelten Balkontür aufführt, nur um ihrem Liebhaber Gelegenheit zu einem Gespräch mit ihrem Kind zu geben.

Wenn irgendetwas einen großen und starken Charakter verriet, dann das Vermögen zu schweigen. Mochten Geschichtsbücher auch überquellen von großen Rhetoren und ihren Ergüssen und Philosophen voll Überzeugung behaupten, dass es die denkende Mündigkeit ist, die den Menschen zu seiner höchsten Bestimmung erhebt – erst durch das Schweigen erreicht er den Zustand wahrhafter Größe. Das wussten schon die Kartäuser, die ihre Tage in völliger Stille verbrachten. Und zwar nicht aus gottergebener Demut, obwohl dies zunächst so aussehen mag, sondern in der stillen Gewissheit, weit über dem alltäglichen Gerede zu stehen.

Ein Schulkamerad hatte Jimmy einmal von einem kontemplativen Klosterorden erzählt, den Namen hatte er leider vergessen, dessen Mönche bei vegetarischer Kost auf einer kaum zugänglichen Insel lebten, gehüllt in Kutten, die aus Ziegenbärten gewirkt waren. Sie schliefen wenig, und wenn, dann aufrecht stehend oder in beschwerlichen Posen. In ihrem Streben nach völliger Entsagung pinkelten sie freihändig, um nur ja nicht berühren zu müssen, was sich so gerne berühren lässt. Doch all diese irdischen Eintrittsübungen für den Himmel waren nichts im Vergleich zu dem oft unterschätzten, selbst auferlegten Gelübde des Schweigens: in völliger Stille zu leben, bis der Tod sie in eine vollkommnere Stille hineinführen würde. Gebete wurden weder gesungen noch gewispert, da Gott – und Gott allein – die Worte schon hörte, noch eh sie gesprochen.

Obwohl Jimmy selber kaum fähig war, länger als eine Stunde den Schnabel zu halten, war er total fasziniert von den Geschichten über die Anhänger Wischnus, die die Kunst des *Mauna* betrieben. So unbedingt und radikal schwiegen einige dieser komischen Käuze, dass sie durch die tiefe Meditation ihr Sprachzentrum in ein künstliches Koma versetzten. Wie viele Jahre sie so schweigend verbrachten, spielte gar keine Rolle, solange es sich dabei um ein Vielfaches von zwölf handelte.

Meister des Schweigens, so wusste Jimmy, besitzen in Indien fast göttlichen Status. Die Leiche solch eines Meisters braucht denn auch nicht verbrannt zu werden, da sein Leib die Erde nicht beschmutzen kann. Der Boden will die Verwesung von etwas, das bereits faulig ist, nicht in sich dulden. Nur Meister des Schweigens lässt er in sich zu. Denn die sind heilig. Meister des Schweigens und Kühe. Der Rest muss brennen.

Hatte Jimmy die Macht des Verstummens nicht selbst schon entdeckt? Natürlich, erst letztes Schuljahr, als er eine Stinkbombe im Hauptflur geworfen hatte und prompt im Direktorenzimmer gelandet war. Der gute Mann war verärgert, weil er seit Stunden in einem Fäkaliengeruch arbeiten musste, der sich auch vom stärksten Zigarrenqualm nicht vertreiben ließ, und schnauzte Jimmy an, was er sich einbilden würde, solch kindische Albernheiten zu treiben. Schweigend hatte Jimmy die Donnerpredigt ausgesessen, weil ihm das am einfachsten schien. Doch je länger er schwieg, desto wütender wurde der Rektor. Und obwohl das den Umfang der Strafarbeit drastisch erhöhte, hatte Jimmy seine Aktion, diesen Beweis äußerster Willenskraft, als Sieg über den Direktor betrachtet. Ein Pyrrhussieg möglicherweise, doch ein Sieg immerhin. Aus seiner Strafarbeit, sechsunddreißig eng linierte Seiten zum Thema »Leben und Arbeiten in einer Schule, die nach Scheiße stinkt«, hatte er ein kleines Meisterwerk gemacht. Selbst auf Schönschrift hatte er dabei geachtet, um seine mentale Unangreifbarkeit zu demonstrieren.

Der Bus kam in Sicht. Damals hatte Jimmy noch gute Augen und konnte lesen, was auf der Seitenwand ihres Luxusgefährts stand: »Der Schwarzwald beginnt mit van Boterdael.« Die Aussicht, dass es jetzt endlich in Urlaub ging, hätte eigentlich Hochstimmung in ihm auslösen müssen – Urlaub im Ausland auch noch! (Wie er sich auf das neue Schuljahr schon freute, wenn er seinen Kameraden davon erzählen könnte!) Auch nervös hätte er sein müssen, weil sich gleich herausstellen würde, ob außer ihm noch andere Kinder im Bus wären. Hoffentlich Jungen in seinem Alter, mit denen er die Rückbank besetzen könnte, um dann anderen Straßenbenutzern die Mittelfinger und Zungen entgegenzustrecken. Und um, begeistert vom Wir-Gefühl, allen Wagen mit belgischem Nummernschild patriotisch erfreut zuzuwinken. Und natürlich auch um – einmal angekommen im Lande der Bratwurst – mit ihnen Blödsinn zu treiben.

Momentan jedoch beschäftigte Jimmy vor allem sein unumstößlicher Vorsatz, kein Wort mehr mit Wannes zu reden. Ganz einfach: Wenn er den Typen nicht mit dem Vornamen ansprechen durfte, würde er eben gar nicht mehr mit ihm reden. Die ganze Reise nicht mehr. Bitte schön.

Mit seiner Mutter würde er sprechen. Schließlich war sie seine Mutter. Doch Wannes, der nicht sein Vater war, aber auf einmal so genannt werden wollte, hatte sich selber ins Aus manövriert. So einfach war das. Wannes' eigene Schuld.

»Schaut, da steht unser Bus«, sagte Martine, Chefin der Abteilung für nüchterne Feststellungen.

»Aber bevor wir einsteigen, noch eins«, begann Wannes, und Jimmy bereitete sich auf eine Gardinenpredigt vor, denn der Ton machte deutlich, dass die folgende Mitteilung an ihn gerichtet sein würde.

»Ich will keinen Ärger mit dir in Deutschland erleben. Wenn du es wagen solltest, dort den Kasper zu spielen, hast du selbst die Konsequenzen zu tragen.«

Jimmy ertappte seine Mutter bei ihrem berühmten Blick, diesmal an Wannes gerichtet: Der Kleine war gerade mal still, jetzt lass ihn doch auch in Ruhe.

»Du weißt, dass die deutsche Polizei die strengste der Welt ist?«

Jimmy zuckte die Achseln. Der Meister des Schweigens. Wischnus Augapfel.

»Weißt du auch, was die Deutschen mit Bengeln wie dir machen, die von einer Autobahnbrücke runterrotzen? Oder die Süßigkeiten stehlen?«

Wie lange sollte Jimmy zur Antwort noch mit den Schultern zucken?

»Das weißt du nicht? Es interessiert dich auch nicht? Es wird dich schon interessieren, wenn sie dich schnappen. Sie rasieren dich kahl und transportieren dich mit dem Viehwagen ab in ein Straflager, wo du im gestreiften Pyjama rumlaufen kannst. Da lebst du von Suppe aus Kartoffelschalen, ohne einen Schluck Brühe. Und für dein großes Geschäft musst du auf einen …«

»Och, Liebling, es reicht«, unterbrach Martine ihn, doch so lieb hörte es sich in diesem Moment gar nicht an.

Fast wären sie zu spät gekommen, und der Bus wäre ohne sie abgefahren. Alle anderen Reisenden saßen längst schon bequem auf ihren Sitzen und klebten mit dem Gesicht an der Scheibe, um die Familie zu mustern, die zu spät und mit viel zu dicken Koffern auf den Busfahrer zurannte.

Martine, von ihrem Endspurt noch ganz außer Atem, erkannte, dass sie um ein Haar einer familiären Katastrophe entgangen waren. Fast wäre die Reise, auf die sie seit langem gespart und sich seit Wochen gefreut hatten, ins Wasser gefallen – und alles nur, weil sie die Balkontür unbedingt noch mal kontrollieren musste! Aus angeborener Sparsamkeit hatte sie eine Reiserücktrittsversicherung völlig unnötig gefunden, die diene doch nur dazu, die Taschen anderer Leute zu füllen, was sie nicht vorhatte. Na, da hätte sie aber was zu hören bekommen, wenn das jetzt schiefgegangen wäre: der Urlaub zum Teufel und ein Haufen Geld futsch!

Und der Herr schrieb einen erleichterten Seufzer in die Regieanweisung seiner Komparsin.

»Familie Impens, nehme ich an?«, fragte der Busfahrer mit einem Blick in die Teilnehmerliste. Und obwohl er die Freundlichkeit selbst war, bestand nicht der geringste Zweifel daran, dass er nur gezwungenermaßen noch auf die Allerletzten gewartet hatte, um endlich zum Gasthof Knusperhaus aufbrechen zu können. »Da haben Sie aber Glück, dass ich so ein geduldiger

Mensch bin, nicht jeder Busfahrer hätte zwanzig Minuten auf verspätete Teilnehmer gewartet!«

Familie Impens?, dachte Jimmy und musste sich stark beherrschen, sein Schweigegelübde nicht gleich wieder zu brechen. *Impens? Bin ich dann auch unter dem Namen angemeldet?*

Die Koffer verschwanden im Bauch des Busses (»Bei *dem* Gewicht kann euch ja im Urlaub nichts fehlen«), und die drei suchten sich einen Platz, schüchtern den vorläufig noch unbekannten Reisegenossen zunickend, schuldbewusst, weil sie die Anwesenden um zwanzig Minuten Urlaub gebracht hatten.

Jimmy hatte sich blitzschnell neben seine Mutter gesetzt, an den Platz, der ihm von jeher gebührte: der neben ihr. Solange er denken konnte. Bis Wannes in ihr – seiner Mutter – Leben trat.

»Los, Junge, schwirr ab! Du denkst doch nicht, dass ich während der Fahrt woanders als neben meiner Frau sitzen will?«

Eine Rochade. Jimmy war zwar noch im Spiel, musste aber mit Wannes die Position wechseln.

Richtig schweigen zu lernen stand ihm noch bevor. Doch was er jetzt schon recht gut beherrschte, war die Kunst des Ignorierens. Er setzte eine Maske auf – bei sich selbst nannte er sie seine Totenmaske –, einen Gesichtsausdruck, der seine Umgebung völlig verwirrte, undurchdringlich neutral, emotionslos, einen Blick, den die anderen arrogant nannten, mit mindestens drei Ausrufezeichen versehen. Eine Miene, die, obwohl nicht das geringste Gefühl aus ihr sprach, deutlich zum Ausdruck brachte, dass er, Jimmy der Erste, Jimmy der Schweiger, zugleich der Unangreifbare war. Zorn konnte ihn notfalls noch treffen, doch davon bewegen ließ er sich nicht.

So zog er auf einen anderen Sitz um, ohne Wannes und die

mit ihm verbündete Mutter noch eines Blickes zu würdigen. Eigentlich war ihm klar, dass diese Aktion noch unter »Arroganz für Anfänger« lief. Fortgeschrittene Verächter fürchteten nicht, jemandem in die Augen zu sehen. Geriet ein zu ignorierendes Subjekt zufällig in ihr Gesichtsfeld, so blickten sie einfach hindurch, mitten hindurch, als wäre die betreffende Person eine gläserne Tür und kein Mensch. Doch diese Stufe hatte Jimmy noch nicht erreicht. Er war ja noch jung.

»So, liebe Leute, erst mal herzlich willkommen! Mein Name ist Rudy, und meine Aufgabe ist, euch sicher in den Schwarzwald zu bringen. Aus meinem Vertrag geht nicht deutlich hervor, ob ich euch auch wieder sicher nach Haus bringen soll, aber keine Sorge, ich werd tun, was ich kann.«

Auch das noch: ein Witzbold!

Reisebegleiter und Stadtführer, unter denen fand man die penetrantesten Stimmungskanonen.

»Wenn ihr Musikkassetten dabei habt, gebt sie ruhig durch nach vorn, dann kann ich sie aus dem Fenster werfen, haha. Nein, aber ernsthaft: Solang's keine Katzenmusik ist, von der ich vor Stress sämtliche roten Ampeln überseh, will ich gern alles spielen. Wer leicht reisekrank wird, sollte sich vorn in den Bus setzen, da wird einem nicht so schnell schlecht. In gut drei Stunden machen wir die erste Pause, dann kann sich jeder die Beine vertreten, was essen und seine andern Geschäfte erledigen. Ich möchte noch darum bitten, keine Kaugummis in die Aschenbecher zu stecken, ich steck ja auch keine Aschenbecher in eure Kaugummis, hoho, und diesen Bus so sauber wie möglich zu halten. Für die Raucher unter euch also bitte: keine Asche auf die Sitze, keine Kippen auf den Boden. Und sollt ich mal einnicken: Seid dann so nett, mich rechtzeitig zu wecken!«

Zischend gingen die Türen zu (wie der Junge dieses Geräusch liebte!), der Bus fuhr an, und spontaner Applaus brandete auf, als Ermutigung für den Einzigen unter ihnen, der arbeiten musste: »der« Rudy. Der Urlaub hatte begonnen, jawohl. Ein kleiner Mann mit schon dünnem Haar und einem Bauch, der die Spuren vieler feucht-fröhlicher Stunden zeigte, stimmte den Evergreen an: »Merci, Rudy, merci.« Und ein rothaariger, magerer Typ mit Sommersprossen und T-Shirt, auf dem der mit bayrischen Bierkrügen unterlegte Spruch stand *Wo früher meine Leber war, ist heute eine Minibar,* lieferte einen Beitrag zur Stimmung mit dem unvergesslichen Schlager: *»Nach Hause, nach Hause, nach Hause gehn wir nicht …«*

Zusammen unterwegs, halleluja.

Martine legte die Hand auf Wannes' Knie. Dieser Augenblick, den sie förmlich festhalten zu können glaubte, war für sie: Zufriedenheit. Doch, ja. Ein paar Tage standen bevor, in denen man nicht an den Kühlschrank und dessen Befüllung zu denken brauchte. Sie fuhren an einen Ort ohne Waschtrommeln und Stromrechnungen, ohne Eimer und Scheuerlappen. Heute und an allen kommenden Abenden dieses bescheidenen Urlaubs bräuchte sie keine Küchenschürze zu tragen. Und Wannes drückte ihre Hand, Jimmy konnte es genau sehen. Wie ein liebender Ehemann, ein Familienvater im Augenblick der Entspannung, der stolz darauf war, seine Familie durch ein anstrengendes Arbeitsjahr gelotst zu haben und ihr nun einen erholsamen Urlaub bieten zu können. Ein Mann, dem erst jetzt richtig aufging, dass er ein paar Tage lang keine Brote aus der Frühstückbüchse zu mampfen, keine Metallfarbe zu riechen und keinen unangenehmen Kollegen, die ständig über ihre Frauen meckerten, zuzuhören brauchte. Der die Geräusche am Fließband gegen das Gezwitscher von Vögeln eintauschen durfte und hier und da das Rascheln eines Gebüschs. Der seine Rückenschmerzen ein Weilchen lang nicht mehr so spürte oder sogar vergessen durfte, und stattdessen in aller Ruhe tafeln würde und ein paarmal aufs Klo gehen, ohne auf die Uhr sehen zu müssen, ein Buch von Konsalik auf dem Schoß. Jetzt, da er endlich Zeit dafür hatte.

Jawohl, der Urlaub hatte wirklich begonnen.

Luxemburg! Mit jedem Kilometer, den sich der Bus seinem ersten Ziel näherte, war unter den Reisenden eine unterschwellige Aufregung deutlicher zu spüren. Denn obwohl die vertrauten Betonsiedlungen des Nordens schon eine Weile hinter ihnen lagen, war doch erst mit der Einfahrt in Luxemburg ein symbolischer Trennstrich gezogen. Die Heimat war meilenweit fort, hoffentlich zusammen mit einem Haufen täglicher Sorgen. Okay, Luxemburg war, alles in allem gesehen, im Grunde kein richtiges Ausland. Für das Gefühl war es mehr eine Art Vorgarten Belgiens, dank dynastischer Inzucht verwaltet von der Verwandtschaft, seit Josephine Charlotte, Schwester Baudouins I., des Königs der Muschelesser, Urgroßnichte Leopolds II., des royalen Negerinnenschänders und Sklaventreibers vom Kongo, mit ihrem großherzoglichen Hintern den luxemburgischen Thron wärmte. Und trotz alledem: Ab jetzt waren andere Gesichter auf Geld und Briefmarken zu sehen und Urlaubsgefühle daher vollkommen am Platz. Wessen Gedanken noch daheim auf dem Sofa klebten, der brauchte nur den Kopf aus dem Fenster zu halten und einen deftigen lëtzebuergeschen Satz wie diesen auf sich wirken zu lassen: »Këndel ass e Gebäck dat zu Lëtzebuerg laanscht d'Musel op Neijooschdag de Kanner vun hirem Pätter und hierer Giedel geschenkt gëtt…« Das brachte den Geist zwangsläufig in vagabundierende Stimmung. Zumindest, wenn man sich von so viel sprachlicher Exotik nicht gleich ans andere Ende des Planeten katapultiert fühlte.

Luxemburg: ganz nah, solange die lokale Bevölkerung nur ihren Mund hielt.

Endlich den schon nach Achselschweiß riechenden Bus verlassen dürfen! Die Nichtraucher waren selig, etwas frische Luft zu bekommen. Wer seine Blase während der letzten Stunde nur noch durch Selbsthypnose hatte beherrschen können, bekam jetzt die größten Probleme. Denn so geht es öfter, wenn man ganz dringend muss: Den Sieg schon vor Augen, droht der Kampf um die trockene Hose verloren zu gehen, als interpretiere der Blasenschließmuskel das Mut machende *Beinahe* zu früh als ein gestattendes *Jetzt*. Zur Stunde der krampfhaft zusammengekniffenen Knie fuhr der Van-Boterdael-Bus auf einen geräumigen Parkplatz, für eine Pause von gut fünfundvierzig Minuten.

Der Körper ist ein seltsames Ding: Von oben gießt und stopft man alles hinein, was kurz darauf unten wieder herauskommt. So behütet die Natur ihre Geschöpfe vor Langeweile. Und so gab es auf dieser Reise auch Pausen, in denen man beiden Extremen des Metabolismus die nötige Aufmerksamkeit schenken konnte. Doch das hier war nicht einfach eine Tankstelle, nein, es war eine Tankstelle in Luxemburg, dem Steuerparadies. Und das bedeutete, dass zwischen Nachfüllen und Entleeren nach Herzenslust im angrenzenden »Minimarkt« konsumiert werden musste.

War Einkaufen normalerweise eine eher weibliche Domäne, wobei Männer sich lieber zu den Hunden gesellten und vor der Tür warteten, hatte die luxemburgische Regierung erkannt, dass ein maßvolles Steuerregime den Zusammenhalt der Geschlechter zu fördern vermochte. Und mit Erfolg: Durch die staatliche Politik niedriger Mehrwertsteuer auf sowohl Parfüm als auch Alkohol waren nirgends auf der Welt die Geschlechter so gleichmäßig über die Verkaufsflächen verteilt wie eben hier, in Luxemburg.

Während Rudy vorausschauend den Bus mit steuerbegünstigtem Treibstoff befüllte, spurtete die Reisegruppe nach draußen, zu einem kleinen Rennen gegen die Zeit. Fünfundvierzig Minuten, sich den Bauch vollzuschlagen, auf die Toilette zu gehen und Einkaufstüten zu füllen.

Martine war sich nicht sicher, ob sie auch aussteigen sollte. Sie traute der Sache nicht, schließlich blieben die Koffer im Bus. Was, wenn sich jemand damit aus dem Staub machte? Oder der Busfahrer einfach weiterfuhr, ohne sie?

Übertreiben? Martine? Sie hatte schon oft zugehört, wenn ihre Arbeitskolleginnen in der Pause, den Mund voller Pralinen, einander Geschichten auftischten, die nur das Schlechteste im Menschen bestätigten. Doch zuletzt schrie auch Martines Blase nach Erlösung, und außerdem hatte sie Hunger. Sie, der Schutzengel aller Mütter, die Mater familias in Technicolor, hatte daheim treusorgend Fresspakete geschnürt. Brötchen vom Bäcker Vennema, erstklassig belegt mit leckerem Presskopf. Trinktüten von Capri-Sonne, die Lieblingslimonade für die ganze Familie. Und speziell für ihren Jimmy: Milchbrötchen mit ungesundem süßem Zeug, das ihm obendrein die Zähne verdarb, wonach er aber verrückt war. Schließlich hatte der Junge auch Urlaub, und er war in der Schule so fleißig gewesen! Wenn er sich angestrengt hatte, musste er doch auch mal gelobt werden, nicht wahr? Gelobt und belohnt. Doch all die Leckereien lagen jetzt unten im Koffer, im Gepäckraum des Busses, und Martine wagte es nicht, den Busfahrer wegen so was Nebensächlichem zu bitten, noch mal die Türen zu öffnen. Darum, tja, mussten sie wohl oder übel nach draußen, um an der Tankstelle ein paar skandalös teure, nach nichts schmeckende Sandwiches zu kaufen, plastikverpackte Schaumgummidreiecke, belegt mit Käse, der schon seit Wochen in seinem Biotop vor sich hin schwitzte. Dazu ein chemisch von Läusen befreites Blatt Kräuselsalat, um auch die Gesundheitsfreaks zu verführen. Für jeden so ein Sandwich, und das Tagesbudget war zur Hälfte schon futsch.

»Und dabei hab ich so leckere Brötchen mit Presskopf geschmiert, die liegen alle im Koffer!«

»Mama!«

»Was ist?«

»Ich mag das Sandwich nicht!«

»Das hat viel zu viel Geld gekostet, das isst du jetzt!«

Um das Elend vollzumachen, musste für die Toilettenbenutzung auch noch bezahlt werden. Ganz neu war die Idee nicht, schon Kaiser Vespasian hatte 72 nach Christus eine städtische Latrinensteuer erhoben, um den Bau des Kolosseums zu finanzieren, nützliche Informationen für einen Fragenerfinder im Quiz, doch Martine war einfach entsetzt, knapp zweitausend Jahre nach diesem römischen Verrückten zwölf luxemburgische Franc für einen sanitären Besuch berappen zu müssen!

»Zwölf Franc, für einmal pinkeln! Das sind verdammt noch mal sechsunddreißig Franc für uns drei, Gruppentarif kennen die ja hier nicht! Und das nennt sich dann Steuerparadies!«

Doch wie gesagt, sie hatte keine Wahl. Außerdem durfte sie nicht vergessen, dass diese Reise die ersten Namen für den Geburtstagskalender liefern sollte, der eines bald anbrechenden Tages bei ihnen zu Hause an der Toilettentür prangen würde. Mit anderen Worten, während der Pausen hatten sie so wenig wie möglich im Bus zu suchen, hatten sich unters Volk zu mischen und ihren Reisegefährten hinterherzudackeln, in den Reisesupermarkt, wo man sich vor Lachen den Bauch hielt ob der niedrigen Preise für Spirituosen in diesem liberalen Walhalla. Die Leute, die aus dem Geschäft herauskamen, waren beladen mit stangenweise wahnsinnig billigen Zigaretten, überglücklich, auf diese Weise wieder was für den Lungenspezialisten beiseitelegen zu können. Die Flaschen mit Wodka, Whisky und Fruchtlikör klirrten in den Einkaufstüten. Ganz eindeutig wurde Geld verprassen hier von vielen als Vergnügen gesehen und der Supermarkt neben der Tankstelle als ein regelrechter Programmpunkt für sich. Wenn nicht gar als Höhepunkt der ganzen Reise!

Doch Alkohol interessierte Martine nicht. Wie kaum ein anderer wusste sie sehr gut, warum.

Parfüm eigentlich auch nicht, sie hatte es immer als ein Mittel für Leute gesehen, die etwas verstecken wollten. Etwas Frivoles für Wohlhabende, die nur zu faul waren, sich richtig zu waschen! Ein Geruchsteppich, unter den man den eigenen Gestank kehren konnte. Andererseits hatte sie mit Wannes jetzt einen Mann, der Aftershave benutzte und sich an Sonn- und Feiertagen sogar ein paar Tropfen Eau de Toilette, *pour hommes, bien sûr,* hinter die Ohren tupfte, und sie musste zugeben, dass sie den Geruch schon irgendwie mochte. Der Duft war mit ihm verschmolzen, ja mehr noch, sie fand es geradezu eine Schande, dass Wannes' Marke, Paco Rabanne, auch von anderen Männern benutzt wurde. Als ob ein Stück seiner Identität, in Flakons gefüllt, an jeden Dahergelaufenen verkauft werden dürfte.

Sie schaute sich um. Regale und nochmals Regale voll Alkohol, genug für ganze Familiendramen. Und gegenüber Regale und noch nochmals Regale mit Parfüm. Sie sah, wie Frauen, Mitreisende, sich die Handgelenke bestäubten und die Hälse besprühten, die Düfte wirken ließen und danach kommentierten. Das würde was werden, nachher im Bus, das Durcheinander all dieser Parfüms!

Sich selbst einen Duft kaufen wollte Martine nicht. Doch sie konnte so tun, als ob. Aus Spaß an der Freud. Um sich unter die Gruppe zu mischen. Sie las die Namen auf den Flaschen, Clair du Jour, Rumeur, Fleurs d'Orlane, Fantasque, Loulou, Nombre Noir … und fragte sich, ob es zwischen Namen und jeweiligem Duft wohl einen Zusammenhang gab. Wie sollte sie sich beispielsweise einen Duft vorstellen, der »Clair du Jour« hieß? Und welchen Namen würde sie einem Parfüm geben? Um Jimmy ein wenig einzubeziehen, denn der Junge langweilte sich in diesem Konsumtempel natürlich zu Tode, fragte sie ihn, welchen Namen für ein Parfüm er schön finden würde.

So eine komische Frage! Ein Name für ein Parfüm? Darüber musste er erst einmal nachdenken.

Eine Verkäuferin mit von Schminke verkleisterten Poren fragte, ob sie helfen könne. Auf Französisch, eine Sprache, in der sie sich immerhin behelfen konnten. Martine zögerte. Doch Wannes, der sie inzwischen lang genug kannte, um an kleinen Zuckungen um die Mundwinkel ihren Unwillen ablesen zu können, meinte laut: »Warum nicht? Wir haben doch Urlaub! Du hast noch gar kein Parfüm, wo andere Frauen schon an ihren Toilettenschrank anbauen müssen, um all ihre Fläschchen unterzubringen. Die Leute denken womöglich noch, du kriegst nichts von mir! Such dir einen schönen Duft aus, wo wir schon mal in Luxemburg sind!«

Ein Ingenieur mit nur etwas Sinn für die Erfordernisse der Zukunft hätte in dem Moment auf die Idee kommen können, Energie aus dem Funkeln eines Frauenaugs zu gewinnen.

Während die von Parfümpröbchen gefolterten Fliegen an hämmernden Kopfschmerzen starben, näherte sich der Bus der nächsten Grenze. »Deutschland!« Der etwas frivolen Kleidertracht der Zollbeamten nach zu schließen, konnten dies jedoch unmöglich die Grenzpfähle des östlichen Nachbarn sein. Die Herren nämlich, die dort mit einer gewissen Begabung zur Commedia dell'Arte hochwichtig in Kofferräumen und unter Autositzen nach Schmuggelware und in Teppiche gewickelten Leichen fahndeten, trugen eine Uniform, die keinen Zweifel ließ: Dies waren Gesetzeshüter eines Landes, das wichtige Modehäuser beheimatete. »Gründlichkeit« – gar in attributiver Verbindung mit »deutsche« – strahlten diese zum Leben erweckten Zinnsoldaten jedenfalls nicht aus. Und tatsächlich, hinter dem Schlagbaum stand ein blaues Schild mit der Aufschrift LA FRANCE und BIENVENUE. Einsprachig natürlich, um sofort deutlich zu machen, dass man ein Land betrat, dessen Bevölkerung die eigene Sprache so schön fand, dass sie keinerlei Lust verspürte, irgendeine andere zu lernen.

Was ein Aha-Erlebnis nicht alles auslösen kann: Keine drei Sekunden nach Anblick der Grenzbeamten zitierten einige Schwarzwaldfahrer schon Szenen aus *Les Gendarmes*, den sechs Polizeiklamotten, mit denen Louis de Funès Unmengen kichernder Damen dazu getrieben hatte, ins Höschen zu pinkeln. Doch hier und da begann man sich auch zu fragen, was der Busfahrer auf einmal in Frankreich wollte. Fuhr er aus einer klassischen Kombination von Zerstreutheit und Routine nun doch nach Benidorm? Oder sahen seine Passagiere etwa aus wie typische Lourdes-Pilger?

Lang dauerte die Panik allerdings nicht; unter Aufbietung aller gemeinsamen geographischen Kenntnisse fanden Wannes und Martine schnell heraus, dass die Route über Frankreich tatsächlich die kürzeste war. Trigonometrische Geometrie in der Praxis. Die nächste Pinkelpause könnte zum Bespiel in Colmar stattfinden, einer Stadt, die sich einigen Klugscheißern zufolge mehr mit Deutschland als mit Frankreich verwandt fühlte, weshalb man den Leuten dort Sauerkraut mit Schinkenknacker servierte, um sich demonstrativ von der raffinierten französischen Küche wie auch dem ganzen Lebensgefühl jenes Volks zu distanzieren.

»Ein Mensch ist, was er isst!«, sagte Martine, einen Kalenderspruch rezitierend, und verputzte heimlich ein Stück Schokolade, das sie für aufregende Momente wie diesen in ihrer Handtasche versteckt hatte. Doch Jimmy sah es, vor seinen Augen: ein Stück Schokolade, tatsächlich! Schokolade von Callebaut, mit Haselnüssen! Nichts Besseres auf der Welt als ein Stück Callebaut. Außer: zwei Stück Callebaut. Den ganzen Riegel sah er im Gesicht seiner Mutter verschwinden, ohne dass sie gefragt hätte, ob er auch ein Stück wollte.

»Dass wir jetzt aber auch durch Frankreich fahren müssen!« Ein harter Schlag für Wannes, der dieses Szenario nicht einkalkuliert hatte und dem drum auch nicht eingefallen war, bei seinem Bankier französische Francs zu bestellen.

Jimmy freute sich schon auf die neidischen Blicke der Schulkameraden, wenn er in zwei Monaten – ohne ein Wort zu lügen auch noch! – erzählen würde, dass er in zwei fremden Ländern gewesen war. Zwei? Dreien sogar, mit Luxemburg!

Im Bus diskutierte man inzwischen die europäische Einheit. Es gab ja Politiker, die sich dieses Projekt ganz zu eigen gemacht hatten und meinten, dass sowohl das Leben als auch das Sterben billiger würden, wenn die Grenzen für Waren und Personen in allen Richtungen offen wären. Utopisten sprachen sogar schon begeistert von einer gemeinsamen Währung, einem Präsidenten für den ganzen Flickenteppich und träumten vom Te Deum von Marc-Antoine Charpentier als gemeinsamer Hymne, eventuell mit einem ins Esperanto übertragenen Text des alten Herrn Goethe, für alle Nationen zwischen Nordkap und Mittelmeer. Doch vorläufig musste man noch fluchend lange Schlangen an Zollstellen ertragen, nicht ahnend, dass man irgendwann noch einmal nostalgisch auf diesen Zeitverlust zurückblicken würde.

Französische Zollbeamte waren berüchtigt. In ihrem Chauvinismus ließen sie Renaults und Citroëns gelassen passieren und lebten ihre Willkür stattdessen an Wagen deutscher Herstellung aus – wie es heißt, aus Rache für ihren Präsidenten, den Gourmet François Mitterrand, der als Kriegsgefangener im Zweiten Weltkrieg im Stammlager IX gesessen hatte, noch dazu mit einem Granatsplitter im Brustbein! Sie übten historische Vergeltung an allen, die glaubten, im Audi oder BMW unbehelligt an die Côte d'Azur düsen zu können. Niederländische Touristen, die aus landesüblichem Sparsinn den Wohnwagen mit eigenen Käsen, Matjes und Bintjekartoffeln vollgestopft hatten, stellten in den Augen der Zöllner öffentlich ihre Abscheu vor französischer Küche zur Schau und liefen Gefahr, einer rachlustigen Inspektion unterworfen zu werden. Inzwischen schmuggelten die Terroristen der Action Directe in Peugeot-Lieferwagen ihre Waffen ins Land, um auf den Champs-Élysées ungestört Juweliere abmurksen zu können und so ihrem Ideal, der Enteignung aller Kapitalisten durch das Proletariat, näher zu kommen. Doch das war Nebensache. Hatte aber die Frau so eines Beamten zu wenig Knoblauch ins Essen getan, waren die Schalotten verbrannt oder der Beaujolais in dem Jahr zu spät arriviert, reagierte der Gatte sich ab, indem er Privatwagen auseinandernahm. Koffer mussten ausgekippt werden, Sitze demontiert und Wattestäbchen auseinandergedröselt, bis man sicher sein konnte, dass sie keine Abhöranlagen enthielten. Nun ja, die Leute hatten eben dummerweise Streifen auf dem Jackett, und dementsprechend mussten sie sich verhalten. Das und ihre zum Himmel schreiende Langeweile waren der Urlaubsfreude manches Reisenden schon zum Verhängnis geworden. Wurde dann nichts gefunden, und bei diesen Routinedurchsuchungen fand man beinahe nie was, kam selten eine Entschuldigung über ihre Lippen. Höchstens noch ein *»Allez, bonne route«*, worauf sie brüllend vor Lachen in ihrem Büro verschwanden, um ihre wohlverdiente Pause zu halten, mit Kaffee und einem Stück Salami. Und sonntags: Saucisson de Lyon.

Die Van-Boterdael-Busse waren Volvos. Schwedisches Fabrikat. Man musste schon einen Beamten mit gründlichen Geschichtskenntnissen erwischen, wollte man mit solch einem Gefährt dessen Arbeitseifer entfachen. Nichtsdestotrotz ging Rudy lieber kein Risiko ein und griff zum Mikrophon.

»Liebe Leute, wir fahren gleich ein paar Kilometer durch Frankreich, und jetzt warten wir an der Zollkontrolle, wie ihr vielleicht schon gemerkt habt. Ich habe den Eindruck, dass sie sich heut ein paar Wagen zur gründlichen Inspektion herauspicken wollen. Wir haben natürlich keine Lust, hier zwei Stunden zu stehen, schlimm genug, dass wir bei der Abfahrt zwanzig Minuten verloren haben. Darum möchte ich euch bitten, und ich weiß, für einige unter euch ist das sehr hart, ich möchte euch also bitten: Versucht, so normal wie möglich auszusehen. Das heißt konkret: Guckt ein Zollbeamter herein, dann guckt freundlich zurück. Aber auch wieder nicht zu freundlich, sonst wird es verdächtig. Verstanden?«

Martine, die mit den Gedanken kurz woanders gewesen war, fragte Wannes: »Was? Was hat er gesagt?«

»Wir sollen versuchen, wie normale Menschen auszusehen!«

Darauf ließ sie einen zweiten Schokoriegel in ihrem Mund verschwinden. Ein Ereignis, das Jimmy nicht unkommentiert lassen konnte.

»Mama!«

»Was ist denn jetzt schon wieder?«

(Wieso *jetzt schon wieder*, er hatte seit Ewigkeiten nichts mehr gesagt!)

»Mama, das ist schon der zweite Schokoriegel, den du aufisst.«

»Ich muss in meiner Handtasche Platz machen. Schau lieber nach draußen. Da siehst du alles Mögliche, was es bei uns nirgends gibt.«

Ob zwischen beiden Ereignissen eine kausale Verbindung bestand, ist schwer zu sagen, doch kaum hatten unsere Reisenden die Grenze zum 57. Departement der französischen Republik überschritten, als von einem harten Kern der Truppe (als deren geistiger Führer sich mehr und mehr der Mann im Bierseidel-T-Shirt entpuppte) auch schon einige Flaschen hervorgeholt wurden. »Zwetschgenwasser!« Für den unbeleckten, der deutschen Sprache nicht mächtigen Touristen klang das beim ersten Hören wie »Wasser«, doch irgendwie sagte einem der Instinkt, dass ein Fisch in jener Art Nass keine halbe Sekunde überleben würde und Kühe bestimmt weit weniger tonsicher muhten, wenn sie ihren Durst damit löschten.

Von ihrem Platz aus konnte Martine die Etiketten der Flaschen noch eben entziffern: »Korn«, »Kümmel«, »Steinhäger« stand darauf – doch obwohl sie zehn Jahre den alkoholgeschwängerten Atem eines preiswürdigen Trinkers ertragen hatte, sagten die Namen all dieser Spirituosen ihr nichts. Da sah man's mal wieder, man lernte nie aus. Das einzige dieser Getränke, das sie kannte, war Jägermeister, mit dem sie manchmal ein Rezept für Crêpes Suzette abwandelte. Doch das war fast schon kein Alkohol mehr, eher ein Medikament; ein Mittel, mit dem man den Wattebausch tränkte, um einen kaputten, schmerzenden Zahn zu behandeln.

Schielend vor Zahnweh jedoch sahen die Leute hier nicht aus, ganz und gar nicht, und trotzdem füllten sie in einem fort wacker die Gläser.

Wannes und Martine bekamen immer mehr das Gefühl, in einer festen Gruppe gelandet zu sein, die in fast schon grauer, zweifellos in zig Dia-Abenden beschworener Vergangenheit zueinandergefunden hatten. Einer Clique von Kameraden, zusammengeschweißt durch die Kraft vieler gemeinsam erlittener Kater. Allem Anschein nach verspeisten sie Jahr für Jahr auch ihr Weihnachtsessen zusammen, und dies war längst nicht der erste Urlaub, den sie gemeinsam verbrachten. Wodurch es zweifellos schwieriger wurde, Kontakt zu ihnen zu knüpfen. Doch siehe da, aus ihrem Kreis erhob sich eine Frau – eher walkürenhafter Figur – und schenkte, eine Flasche und einen Stapel kleiner Plastikbecher im Arm, den Gang entlang allen großzügig ein. Auch Wannes und Martine, die ihre Chance auf Anschluss zur Gruppe nicht sofort verspielen wollten, indem sie die Einladung ausschlugen.

Die edle Spenderin befahl: »Auf ex! So gehört sich das hier!«

Man wusste, was es geschlagen hatte, wenn man etwas auf ex austrinken sollte. Der Grund war natürlich, dass man so einem Gesöff die Geschmacksknospen nicht lang aussetzen durfte. Aber okay, den Liebhabern solcher Destillate ging es in erster Linie auch nicht um den Geschmack.

»Auf ex?«

»Auf ex!«

Einweihungsrituale sind selten angenehm. Wannes musste seine ganze Männlichkeit aufbieten und kultiviert ignorieren, dass seine Kehle in Brand stand. Das gelang ihm nicht ganz. Die Mundwinkel schossen ihm nach hinten und die Tränen in die Augen, wie nicht mehr geschehen, seit er einmal verwegener

Stimmung in einem thailändischen Restaurant auf gut Glück Gericht Nummer 23 bestellt hatte.

Er dankte der Frau für das Glas Industriereiniger – ja, ja, ganz wunderbar habe es ihm geschmeckt, aber ein zweites wolle er jetzt lieber nicht, er wolle ihre Großzügigkeit nicht zu sehr strapazieren, außerdem vertrage er solch scharfe Sachen so früh am Tag nicht so gut.

Martine jedoch hatte gegen einen zweiten Schluck nichts einzuwenden, auch wenn sie zunächst noch überlegt hatte zu sagen, der Arzt habe ihr den Alkohol verboten. »Und was du mir da eingeschenkt hast, was war das genau?«

»Zwetschgenwasser! Das geht runter, was?«

»Aber echt, Wahnsinn!«

Es klang aufrichtig, und Martine war keine gute Schauspielerin.

»Wenn ich dir einen Tipp geben darf«, fuhr der freundliche Koloss fort (und natürlich durfte sie ihren Tipp loswerden), »dann musst du damit mal eine Schwarzwälder Kirschtorte backen.«

Schwarzwälder Kirschtorte, das hatte Martine noch nie gehört, obwohl sie sich in der Wunderwelt der Konditoreiwaren doch sonst so gut auskannte.

»Du weißt nicht, was Schwarzwälder Kirschtorte ist? Oje, das geht ja gar nicht … Also, Schwarzwälder Kirschtorte ist eine Torte – dass es eine Torte ist, hast du dir schon gedacht, was? – mit eingelegten Kirschen – wenn's irgend geht, nimm Schattenmorellen, dunkle Schokolade, sechs Eier und einen Dreiviertelliter Sahne – ich fass das jetzt nur mal ganz kurz zusammen. Aber das Geheimnis, das liegt im Zwetschgenwasser, das du in den Saft gibst, in den du die Kirschen einlegst. Im ›Kochbuch der katholischen Landfrau‹ steht ›vier Esslöffel Kirschlikör‹, aber ich kipp immer dreimal so viel Zwetschgenwasser hinein. Der Doktor meint, das verstopft meine Adern, Arterienverkalkung, verstehst du, aber dafür wird er ja bezahlt, dass er so was sagt. Wenn er was andres behaupten würde, müsste er sein Diplom bei der Ärztekammer zurückgeben, der kann auch nicht alles sagen, was er grad will … Fahrt ihr zum ersten Mal in den Schwarzwald? Ja? Das wird euch nicht leidtun. Ich garantier euch: Wer einmal hinfährt, kommt immer wieder. Glaubt mir. Na, wir sehn uns ja noch …«

Und weg war sie, der nächsten zu verbrennenden Speiseröhre entgegen.

Das war die Eröffnung, ein erster Zug. Wannes und Martine hatten mit jemandem geredet, über so was Privates wie Torte auch noch! Von all dem Gerede übers Essen hatte Martine natürlich wieder Hunger bekommen und machte in ihrer Handtasche noch etwas Platz, diesmal, wie sie hoffte, heimlich.

Inzwischen hatte die erste Musikkassette den Busfahrer erreicht: *Mit einem bunten Blumenstrauß*, der Soundtrack zum besseren Bierfest, gesungen vom deutschen Hitwunder Freddy Breck. Keine drei Noten brauchte Freddy zu singen, und die versammelte Meute hakte sich unter und begann, im Schlagerrhythmus zu schunkeln und zu trällern: *»Rote Rosen, rote Rosen, sind die ewigen Boten der Liebe …«*

Martine musste zugeben, dass Deutsch in der Tat nicht so schwer war, wie sie befürchtet hatte. »Rote Rosen sind die ewigen Boten der Liebe« – das verstand sie sofort. Wie schön dieser Freddy das sagen konnte!

Der Mann vor ihnen rief entzückt, niemanden im Besonderen ansprechend: »Ist das nicht wundervoll? Ist das nicht allerreinste

Poesie? Wenn man bedenkt, dass wir die deutsche Kultur einfach so hätten kriegen können, für nix und umsonst, und dass wir sie damals nicht wollten! Wir haben ja sogar unsere Armee mobilisiert und die Jungs in den Tod gehetzt, Frauen zu Witwen gemacht und Kinder zu Waisen – und warum? Um unser Land gegen ein bisschen Kultur zu verteidigen!« Und er schloss die Augen und versenkte sich wieder in das Libretto: *»Aber leider, aber leider, ist auch nichts so vergänglich wie sie.«*

Ein Urlaub vergeht wie im Flug, oder er taugt nichts, also muss man jede Sekunde optimal nutzen. Daher griff man, als Seite A der Kassette zu Ende war, entschlossen zum Mikrophon, und die Witzerzählrunde begann. Alle Witze hier wiederzugeben würde zu weit führen, doch der erste enthielt die Worte »Gruppensex« und »Altersheim«, »rausgucken«, »reinkriegen« und »Mutter Oberin« und brachte den Busfahrer prompt derart zum Lachen, dass die Sicherheit der Fahrgäste für einen Moment ernsthaft gefährdet erschien.

Auch Jimmy prustete los. Er konnte sich gar nicht mehr einkriegen. Was Wannes die Schamröte bis unter die Haarwurzeln trieb.

»Hörst du wohl auf mit deinem albernen Gekicher!? Du verstehst den Witz ja nicht mal! Setz dich ordentlich hin und schau aus dem Fenster, wie sich das für einen Jungen in deinem Alter gehört.«

Worauf Jimmy, beleidigt, zwischen zwei Lachkrämpfen rief: »Und ich versteh den Witz wohl!«

(So ein Mist! Er hatte etwas zu Wannes gesagt! Nur knapp 424 Kilometer hatte seine höchstpersönliche Omertà gehalten. Und was noch schlimmer war, Wannes hatte von der ganzen Aktion gegen ihn überhaupt nichts gemerkt.)

»Jetzt seid ihr aber mal dran, einen Witz zu erzählen«, tönte es aus dem Bus, als das Gepruste und Gekicher nach Witz Nummer soundsoviel sich gelegt hatte. Die Nasen wiesen in Richtung der Familie Impens.

Oje, hier musste man mitmachen! Das war der Nachteil von Gruppenreisen: die Gruppe.

Dixit Wannes: »Ich bin eigentlich nicht so ein großer Witzeerzähler, nein danke.«

Und Martine: »Bei mir ist es genauso. Ich hör einen Witz und hab ihn sofort wieder vergessen.«

Darauf Jimmy: »Aber ich weiß einen guten! Darf ich?«

Worauf Martine, schnell wie der Blitz: »Wenn du das wagst, Bürschchen, hau ich dir eine runter, dass du's dein Lebtag nicht wieder vergisst.«

So was Blödes. Dabei war der Witz wirklich gut.

Es wurmte Wannes, dass er bei der Reisevorbereitung keinen einzigen Moment daran gedacht hatte, dass der durch und durch deutsche Schwarzwald in der Tat über französische Autobahnen am schnellsten zu erreichen war. Wie dumm von ihm! Wo er doch einen guten Eindruck auf Martine hatte machen wollen, bei ihrer ersten großen gemeinsamen Reise, und ihr zeigen, dass er ein Mann von Welt war, ein Fels, auf den man bauen konnte, das vollkommene Gegenteil des labilen Säufers, mit dem sie zehn Jahre das Bett geteilt hatte. Und jetzt würden sie gleich anhalten, und er könnte seiner Familie nicht mal was zu essen kaufen, weil er vergessen hatte, französische Francs zu bestellen.

Die unerwartete Fahrt durch Frankreich stellte Wannes noch vor ein anderes Problem. Gerade hatte eine Reisegenossin sie zu einem Getränk eingeladen, in aller Freundlichkeit. Ein untrinkbares Gesöff namens Zwetschgenwasser, das er höchstens zum Pinselauswaschen genommen hätte, aber okay. Die Einladung war eine nette und großzügige Geste gewesen, und die Etikette verlangte, dass er sich nun seinerseits revanchierte. Das war der Kern solcher Einladungen: Man schmiss eine Runde, um selbst was zu bekommen. Ein umständliches System, jeden zuletzt doch seine eigene Rechnung bezahlen zu lassen, was die Idee der Einladung im Grunde absolut neutralisierte, kalvinistische Völker hatten das schon einige Jahrhunderte früher erkannt. Richtige Abrechnung, richtige Freunde. Keine Abrechnung, noch bessere Freunde. Aber sei's drum. Wenn Wannes nach dem nächsten Stopp die Mitreisenden nun also nicht ebenfalls zu ein paar Flaschen so eines alkoholischen WC-Reinigers einladen konnte, stünde er als Geizhals und Nassauer da. Die Annalen der Van-Boterdael-Reisen würden ihn unter dem bei Kreuzworträtselfreunden bestens bekannten Begriff »Knicker« führen. Man würde ihn meiden, und neue Freundschaftsbande könnte er definitiv in den Wind schreiben. Auch darum musste er also versuchen, sich irgendwoher französisches Geld zu besorgen.

Doch wo Hoffnung ist, ist auch Leben. Eine Stimme in seinem Inneren flüsterte ihm zu, dass man an den doch längst internationalen Raststätten und Tankstellen wohl überall Valuta würde wechseln können. Schließlich wimmelte es hier von Fernfahrern und Touristen. Vielleicht bräuchte er nicht mal zu tauschen, und man akzeptierte in einem solchen Geschäft freundlich lächelnd auch fremde Währungen. Zu einem für ihn ungünstigeren Kurs zwar, was auch das Lächeln erklärte, doch ein Hindernis dürfte so eine fremde Währung für einen waschechten Mittelständler nicht sein. Geld ist Geld.

Gerade war Wannes also bezüglich der näheren Zukunft von einem für seine Verhältnisse überraschenden Optimismus erfüllt, als – typisch, werden die Pessimisten sagen – Murphys Gesetz zuschlug. Dieses Gesetz hat übrigens den Ruf, vor allem im Urlaub zu wüten, mathematisch jedoch ist das nicht bewiesen. Das weltberühmte und vielleicht am meisten gefürchtete Gesetz: Wenn es mehrere Möglichkeiten gibt, eine Aufgabe zu erledigen, und eine davon zur Katastrophe führt, wird es zu dieser Katastrophe auch kommen.

Zwar gab es eine – leider recht komplizierte – Formel, die Wahrscheinlichkeit des Eintreffens von Murphys Gesetz zu berechnen, für Zahlenfanatiker und Leute, die sich nach einer schweren Abiturprüfung sehnen, sei sie hier genannt: Wenn D für Dringlichkeit steht, K für Komplexität, W für Wichtigkeit, G für Geschick, V für Verschlechterung und H für Häufigkeit, so erhält man:

$$(D + K + W)x(10-G)/20xVx1/(1-sin(H/10))$$

Wie aber sollte man dieses Rechenexempel als einfacher Arbeiter mit Realschule lösen, in einem Reisebus, ohne Taschenrechner, während im Hintergrund Seite B einer Kassette von Freddy Breck dröhnte? Und dann hätte man immer noch nur die *statistische Wahrscheinlichkeit* ausgerechnet. Was hätte einem das genutzt?

Das Gesetz Murphys, Edward A. Murphys: Wonach Busfahrer Rudy zum Mikrophon griff und verkündete, dass der nächste Halt zur Abwechslung einmal nicht an einer Autobahnraststätte stattfinden würde, wo doch nur Fernfahrer sich den Magen vollschlugen und naive Touristen beim Wechseln geschröpft würden, sondern an einem Hamburgerrestaurant, und zwar – Überraschung, Überraschung – einem McDonald's, damit jeder dieses neue Phänomen einmal persönlich in Augenschein nehmen konnte, herübergeweht, wie alle neuen Phänomene, aus den Vereinigten Staaten.

Es gehörte zu den Kernaufgaben von Van-Boterdael-Reisen, die Kundschaft auf jeder Fahrt etwas ganz Neues, noch nie Dagewesenes erleben zu lassen, damit sie, wieder daheim, was zu erzählen hatten. Denn die Leute oder, genauer, sehr viele Leute verreisten nicht, um zu verreisen. Sie verreisten, um verreist gewesen zu sein und davon erzählen zu können. Wir reisen, um wieder nach Hause zu kommen. Diese Unternehmensphilosophie van Boterdaels beruhte auf dem Paradox des Touristen: Der

Bus war zum Großteil gefüllt mit fröhlichen Gästen, die zum zwölfundzwanzigsten Mal in den Schwarzwald fuhren, um dort zu erleben, was sie schon elfundzwanzigmal dort erlebt hatten. Das Wiedererleben wurde zum Erlebnis an sich. Wie Wannes' Mutter, die schon siebenmal in Lourdes gewesen war und doch jedes Mal wieder dasselbe Foto von sich aufnehmen ließ: in Sandalen neben dem Standbild der gekrönten Madonna auf dem Rosenkranzplatz. Und die Wert darauf legte, dass das Foto bei jedem Besuch haargenau wieder so aussah. Oder wie Nachbar Rik, der sich jedes Jahr in einem Dorf am Fuße des Mont Ventoux von seinem todlangweiligen Job bei den Brüsseler Finanzbehörden erholte und jedes Mal bei Ankunft ein Glas Leffe im Café de L'Observatoire trank, immer am selben Tisch, weil er bei seinem ersten Besuch genau dort auch ein Glas Leffe getrunken hatte. Wie kein anderes Unternehmen kannte Van-Boterdael-Reisen die typischen Ticks seiner Kunden. Zwangsneurosen beinah.

Und so würden auch unsere der Tradition und Wiedererkennung verbundenen Schwarzwaldurlauber in einer Woche daheim wieder strahlen, wenn sie gefragt würden: »Und? Wie war's im Schwarzwald dies Jahr? Was habt ihr gesehen?« Sie würden sich aufrichten, vorbereitet auf ungläubige Blicke, und dann zuschlagen: »Ob wir was gesehen haben? Na, und ob, halt dich fest! Ob du's glaubst oder nicht: Wir waren in einem McDonald's!«

Van Boterdael Senior hätte es sicher bestätigt: Tourismus ist eine Humanwissenschaft!

Die überraschende Neuigkeit über den Ort ihrer Mittagspause sorgte unter den Fahrgästen in der Tat für einige Aufregung.

Und Wannes blieb nichts anderes übrig, als zähneknirschend zu fragen, ob jemand ihm belgische in französische Francs tauschen könne.

Wenn Rudy beabsichtigt hatte, die Stimmung seiner Passagiere auf die Spitze zu treiben, war ihm das mit dem Halt bei McDonald's gelungen. Selbst Wannes und Martine fühlten sich nach Verlassen des Fastfoodrestaurants vollständig in die Gruppe aufgenommen, so gemeinschaftsfördernd war dieser Besuch und die mit ihm verbundene Erfahrung gewesen.

Jeder hatte schon von McDonald's gehört, und wer imponieren wollte, erzählte, jemanden zu kennen, der sogar schon mal dort gegessen habe. In Städten, wo eine Filiale der Kette eröffnete, führte das zu hysterischen Szenen, wie man sie auf dem Kontinent nicht mehr erlebt hatte, seit John Lennon sich bei »I Wanna Be Your Man« (Ernst-Merck-Halle Hamburg, 26. Juni 1966, 21 h 18) eine Haarsträhne richtete. Der Fastfoodgigant symbolisierte den Fortschritt, und Sensationsblätter meinten zu wissen, dass der amerikanische Präsident sich persönlich dafür eingesetzt hatte, ein McDonald's nach Westberlin zu bekommen, am Checkpoint Charlie wenn möglich, damit bei Westwind der Duft herrlicher Hamburger über den Eisernen Vorhang wehen und die Bevölkerung der DDR an einem Royal Cheese und dem dazugehörigen Kapitalismus schnüffeln konnte, was über kurz oder lang zum unvermeidlichen Fall des Kommunismus führen musste. Die Neugier unserer Urlauber, dieses kulinarische Wunder einmal mit eigenen Augen zu sehen, war denn auch enorm, und alle dankten Rudy für seine geniale Idee.

Für Speis und Trank, fürs täglich Brot, wir danken dir, o Rudy.

Zurück im Bus jedoch, beim lautstarken Austausch ihrer persönlichen Eindrücke, fanden alle, dass das, was man bei McDonald's servierte, höchstens ein besserer Hundefraß war.

Der Mann im Bierseidel-T-Shirt war als Erster am Tresen und hatte eine kleine Portion Fritten mit Bratensoße und Mayo bestellt, eine Currywurst Spezial und einen Fleischspieß mit Sauce andalouse, war vom Mädchen hinter der Theke jedoch angeguckt worden, als sei er einer streng bewachten Lepraklinik entsprungen. Die Fritten, und als Belgier konnten sie sich hierüber doch wohl ein Urteil erlauben, waren, soweit man diese Dinger überhaupt »Fritten« nennen konnte, aus den falschen Kartoffeln geschnitten, übrigens zu dünn, nur einmal – und dann auch noch dilettantisch – frittiert, in minderwertigem Fett und bei völlig falscher Temperatur. Außerdem bekam man diese verkrüppelten Dinger in einer winzigen Tüte und musste so viel dafür hinblättern wie für eine Riesenportion von Weltklasse in Belgien.

»Restaurant« nannte sich diese Futterstation auch noch, doch von Bedienung am Tisch keine Spur! Man musste sich anstellen, um endlich einem wegen Unterbezahlung hohläugigen Kind gegenüberzustehen, das von Fritten mit Bratensoße noch niemals gehört hatte. Lütticher Sirup? Eine Viandel? Kannten sie auch nicht. Und verlangte man Ketchup, waren sie zu faul, den drüberzugeben. Das musste man selbst tun. Abräumen übrigens auch. Einige Reisende wunderten sich, dass man nicht auch noch die Hamburger selbst braten musste! Bier gab es keins, das gehörte offenbar nicht zum erwünschten Image des Hauses. Amerikaner tranken kein Bier, gingen nie fremd, fluchten nicht und bauten immer auf Gott. Dafür jedoch tranken sie wahre Zuckerbomben an Limonade aus Pappbechern, groß wie Abfalleimer, in denen so riesige Eisbrocken trieben, dass eine Salmonellenvergiftung förmlich vorprogrammiert war. Das Personal trug karnevalsmäßige Hütchen, schrie sich Befehle zu und warf die Buletten samt Brötchen in Styropor-Schalen. Für vogelfrei erklärt, hatten sie ihre Namen stets deutlich lesbar auf den Shirts zu tragen, auch die Frauen, was die Aufmerksamkeit unwillkürlich auf ihre Brüste lenkte. Manchmal, so verrieten die Namensschilder, waren sie *Floor Manager*, dann wusste man schon: Diese Leute sind in Wirklichkeit gar nichts und werden dafür wahrscheinlich noch zehnmal schlechter bezahlt. Platz musste der hungrige Gast auf unbequemen Stühlen nehmen, an Tischen in kindischen Farben. Da konnte man dann feststellen, dass die Brötchen so weich waren, als hätten sie einen Tag in Spülwasser gelegen, dafür mit fünf, sechs Körnern bestreut, zum Zeichen, dass die Direktion um den Vitaminhaushalt des Kunden besorgt war. Der Hamburger selbst war mit einer verdächtig an Pappe erinnernden Käsescheibe belegt, um den Anblick der Mahlzeit weniger trostlos zu machen. Inzwischen bekam man Musik um die Ohren gehauen, die einem die Vorstellung einflößen sollte, man säße nicht in einem Autobahnrestaurant, nah einem sommerträgen französischen Nest, sondern irgendwo in einem spannenden Ghetto von Chicago.

»Und dabei hätt ich so leckere Brötchen mit Presskopf im Koffer!«

»Unglaublich«, mischte Wannes sich später im Bus in die Debatte, »dass ausgerechnet die Franzosen diesen Abfütterungsimperialismus bei sich im Land dulden. Wo sie doch sonst alles Französische auf ein Podest heben, das Raucherröcheln von Serge Gainsbourg und das Gestöhn von Brigitte Bardot als Höhepunkt der Musikgeschichte betrachten und Sänger aus anderen Sprachen, wie Afric Simone zum Beispiel, erst gar nicht für voll nehmen; grad sie, die die UNESCO terrorisieren, bis sie ihr Cassoulet als Kulturerbe der Menschheit anerkannt kriegen, die sich schon die Zähne nur mit Loireweinen putzen und Coca-Cola – völlig zu Recht! – so sehr verachten, dass sie nicht mal ihre klapprige Ente damit waschen würden, ausgerechnet sie lassen dieses amerikanische Hundefutter in ihrem Land zu.«

»Ich hab mal gehört«, sagte Jef, der zum siebten Mal in den Schwarzwald fuhr und damit langsam zum inneren Kreis gehörte, »dass die Hamburger von McDonald's aus kranken Kühen gemacht werden, die sonst zum Abdecker müssten, Kühen, die lahmen, mit tropfenden Eutern und geschwollenen Lebern. Ich hab das gehört, schon sehr oft, und heut hab ich's auch geschmeckt. Es war eine Erfahrung, da mal gegessen zu haben, aber bei dieser einen Erfahrung soll's bleiben.«

»Und der Gipfel von allem«, mischte Martine sich jetzt ein, »war das französische Klo – ein Loch im Boden und sieh zu, wie du fertig wirst! Das amerikanische Essen wollen sie eventuell noch verkaufen, aber komfortable Toiletten von da einbauen? Von wegen!«

Es war tatsächlich der Schrecken jedes Touristen, das französische Klo. Ein Ort, den Frauen mit langen Röcken zwangsläufig bekleckert verließen und wo man sich nass spritzte, wenn man den Besuch zu lange aufgeschoben hatte. Oft vor Dreck starrend, mit glitschigem Boden. Wer keine Erfahrung hatte und/oder ungeschickt war, zog sich die Hose hoch und hatte seinen eigenen Haufen darin. Andere rutschten aus und schlugen mit dem Hinterkopf auf. Die Kosten von Reiseversicherungen schossen in die Höhe, sobald man Frankreich als Urlaubsziel nannte, und daran hatten die Toiletten einen nicht unbeträchtlichen Anteil.

»Man wär nicht der Erste, der für den Rest seines Lebens im Rollstuhl landet, nachdem er in einem französischen Bistro mal musste.«

»Wenn du schon allein technisch auf dem Klo keine Zeitung lesen kannst, dann stimmt mit dem Klo doch was nicht, und man muss eben im Ausland nach besseren Modellen suchen.«

»Pech, wenn man hier Hexenschuss und Durchfall gleichzeitig hat!«

»Weißt du, dass die Franzosen sich für ihre Hygiene selbst schämen? Ihre sanitäre Rückständigkeit ist ihnen dermaßen peinlich, dass sie ihre Klos nicht mal ›französisch‹ nennen.«

»Ach nein?«

»Nein! Weißt du, wie die Franzosen ihre Toiletten nennen?«

»*Toilettes françaises* also nicht?«

»Nein – *türkische* Toiletten!«

»Immer dasselbe, wenn was nichts taugt, kriegen die Türken die Schuld.«

Und so fuhren sie, frei von der Leber weg plaudernd, über die Grenze nach Deutschland. Die Bundesrepublik. Am Horizont schimmerten schon golden die ersten sanft ansteigenden Hügel, die Hügel des Schwarzwalds, wo Frauen um diese Uhrzeit in ihren Schmalztöpfen Hähnchen nach Jägerart rührten. Man ließ eine dekadente Nation hinter sich und trat ein in ein Paradies von Rinderrouladen und Rieslingsuppe, von Schweinshaxen und Semmelknödeln, von Schnitzeln und nochmals Schnitzeln, von Weihnachtsstollen, Rindersteaks mit Zwiebelkonfit, Apfelstrudel und Pumpernickel. Fettes Essen durch und durch. Doch im Gegensatz zum Müll von McDonald's – Fett mit Inhalt. Mit Rückgrat. Fett, das mit der Kultur korrespondierte. Das Fett, das sich in den Wangen Johann Sebastian Bachs sammelte und ihn zu großartigen Oratorien inspirierte. Das Fett, das Theodor Storm nach und nach blähte und dafür sorgte, dass er seine besten Werke schrieb, als er kurz vor dem Platzen war. Das Fett, das Ludwig van Beethoven zu einer Leberzirrhose und einer wahnsinnigen letzten Symphonie trieb. Dieses Fett. Das Überfett.

Nicht nur für Wannes und Martine, auch für Jimmy läutete der Besuch bei McDonald's den Beginn eines sozial integrierteren Urlaubs ein. Alle Menüangebote noch angestrengt studierend – schließlich war es auch für ihn das erste Mal in solch einem Restaurant –, hörte er auf einmal eine Mädchenstimme direkt neben sich sagen: »Den Big Mac musst du nehmen!«

Zwar hatte er sie unterwegs schon im Bus sitzen sehen, doch sein besonderes Interesse hatte sie nicht geweckt. Schließlich schätzte er sie auf ungefähr vier Jahre älter, eine Schätzung, die sich als richtig herausstellen sollte, und dieser Altersunterschied – eine ganze Olympiade! – war enorm. Keine Sekunde hätte er es für möglich gehalten, mit diesem Mädchen auch nur irgendetwas zu tun zu bekommen. Überhaupt kam ihm das Prädikat »Mädchen« für sie schon recht unpassend vor: Zu klein, zu kindlich wirkte das Wort. Während das Prädikat »Junge« auf ihn nach wie vor zutraf.

Doch auch abgesehen von ihrem Alter: Das zarte Geschlecht machte ihm Angst. Kinder von progressiv-atheistischen, indischen Tee trinkenden Eltern gingen auf die gemischte Schule. Das Pech hatte Jimmy nicht. Er pries sich glücklich, von morgens bis abends in einer reinen Jungenwelt leben zu dürfen, in der man zwar ständig über Porsches im Vergleich zu Lamborghinis zu reden hatte und in der Mittagspause über die Anatomie von Mikes Schwester spekulieren musste, um dazuzugehören. Trotzdem war er heilfroh, im Turnen plump wie ein Sack vom Sprungkasten rasseln zu dürfen, ohne dabei das Hohngelächter einer Gruppe graziler Ballerinen fürchten zu müssen. (O weh, die megahohe Frequenz von Mädchengekicher!) Eine gewaltige Angst hatte er davor, nach der Schule an der Haltestelle des Sankt-Josef-Gymnasiums vorbeigehen zu müssen, wo die Mädchen auf ihren Bus warteten. Oder noch schlimmer, die stets eingebildet und feixend dreinschauenden Zicken vom Nonnengymnasium der »Dames van Maria«, vereint in dem harten, doch immerhin geteilten Los einer spinatgrünen Schuluniform. Wie er dann jedes Mal wieder fürchtete, stolpern zu müssen, an eine Laterne zu laufen oder voll in einen nachgemachten Hundehaufen zu treten, den sie, die geborenen Spottdrosseln, auf dem Bürgersteig ausgelegt hatten, für den ersten sich nähernden Trottel männlichen oder noch mindereren Geschlechts …

Nein, hoffnungsvoll hatte er ihre Anwesenheit im Bus nicht registriert. Wer ihn dafür sehr wohl faszinierte, war der alte Mann, der neben ihr saß und mit dem sie ab und zu ein freundschaftliches Wort wechselte. Mehr noch als das Alter des Mannes war es seine Art, sich zu kleiden, die Jimmys Aufmerksamkeit erregte. Ein distinguierter, älterer Herr im steifen Anzug, mit pergamentener Haut und einem Gesicht, das mit seinen vielen Flecken an eine vergilbte Landkarte erinnerte. Weniger Haare als die meisten Pater, doch was ihm noch blieb, war mit äußerster Sorgfalt gewaschen und gekämmt.

(Jahre später sollte Jimmy spontan an diesen Mann zurückdenken müssen, als er ein Foto des betagten Vladimir Horowitz sah, der mit den Fingern eines flinken Dreißigjährigen Impromptus von Schubert spielte. Nur dass Horowitz eine Vorliebe für Fliegen gehabt und der alte Mann im Bus seinen Adamsapfel hinter einem dandyhaften Schal versteckt hatte. Das jedoch war, wie gesagt, erst viel später, als Jimmy der Name des Mädchens partout nicht mehr einfallen wollte, wie sehr er sich das Hirn auch zermarterte.)

»Den Big Mac musst du nehmen!«, hatte sie also gesagt. »Das ist das Beste, was sie hier haben!«

Ertappt hatte er sich gefühlt. Während er die exotischen Hamburgernamen auf den Leuchttafeln las, muss man ihm angesehen haben, dass auch ihm diese Wunderwelt fremd war. Doch er beherzigte ihren Rat und bestellte einen Big Mac.

Seine Mutter fragte: »Einen Bik was?«

»Einen Big Mac!«

»Was ist das?«

»Das ist das Beste, was sie hier haben!«

Sie hieß Héloïse, das sagte sie ganz von allein und ersparte Jimmy damit das heikle Abenteuer, ein Mädchen nach seinem Namen zu fragen. Héloïse also, ah ja, und er dachte bei sich: *Was für ein Name, den vergesse ich nie.* Sie lud ihn ein, diesen göttlichen Big Mac, den Mercedes unter den Hamburgern, die höchste posthume Daseinsform jedes Rinds, zusammen mit ihr zu verspeisen. Seine Mutter erlaubte ihm, sich mit Héloïse an einen eigenen Tisch zu setzen. Das heißt, sie erlaubte es ihm, wenn Wannes es ihm erlaubte. Und auch Wannes erlaubte es ihm, unter der Bedingung, dass er sich endlich benahm.

»War das jetzt nötig?«

»War was nötig?«

»Zu sagen, er soll sich ›endlich‹ benehmen. Wenn er nichts ausgefressen hat, brauchst du ihn doch auch nicht zurechtzuweisen!«

Jemand bemerkte orakelnd: »Schau an, die Jugend findet sich beim Essen von Hamburgern. Die neue Generation, nicht wahr?

Wir kommen nicht mehr mit, unsere beste Zeit ist vorbei. All die Neuerungen sind nicht mehr für uns.«

Martine allerdings betrachtete die Sache noch von einer ganz anderen Seite.

»Ist das nicht die Höhe? Koch ich zu Hause Chicorée mit Schinkenröllchen in Käsesoße, rümpft er die Nase wie die Katz vorm Salmiak. Und jetzt stürzt er sich hier auf diesen amerikanischen Fraß, als wenn er bei mir nur trocken Brot bekäme!«

Der alte Mann, mit dem Héloïse reiste, war ihr Großvater, erzählte sie Jimmy schon bei diesem ersten Gespräch. Opa hatte das Essen lieber ausfallen lassen und war im Bus geblieben, erstens, weil er solch dekadente Gerichte nicht mochte, und zweitens, weil er die Gelegenheit zu einem Nickerchen nutzen wollte. Jedes Jahr lud er seine einzige Enkelin zu einer einwöchigen Busreise ein, jedes Mal mit einem anderen Ziel. Ja, auch sie fuhr also zum ersten Mal in den Schwarzwald und war schon sehr gespannt. Vor allem freute sie sich auf die Tagestour zum Höchenschwander Berg, wie sie gestand. Bei klarem Wetter könne man von dort, so stand es im Reiseführer, aber die übertrieben ja immer, sogar den Montblanc sehen.

Den Montblanc kannte Jimmy. Seine Mutter hatte ein Puzzle davon, zweitausend Teile, das sie am Ende mit einem erleichterten Seufzer und schmerzenden Augen (»All das Weiß!«) mit Permanent-Puzzle-Fixierer auf eine Pappe geklebt hatte. Es war ihr letzter Berg gewesen, bevor ihre fanatische Katzenpuzzle-Periode begann.

Wohlgemerkt: auch nicht einfach, so ein Katzenpuzzle, aber es war doch mehr Farbe, mehr Leben darin.

Jimmy und Héloïse saßen nebeneinander im Bus, als sie in Deutschland einfuhren, und das taten sie auch, als knapp eine Woche später das Reich der Deutschen wieder im Rückspiegel versank. Er neben einem Mädchen! Einem vier Jahre älteren Mädchen! Einem vier Jahre älteren Mädchen, das sich auf die Besteigung des Höchenschwander Bergs freute!

Sie fuhren durch Landschaften, in denen Limousin-Kühe grasten – dieselben, aus denen die deutschen Beefsteaks gemacht wurden. Die Fachwerkhäuser, die Storchennester, die barocken Klostertürme … mehr und mehr begann die Gegend den Fotos aus dem Reiseprospekt zu ähneln. Weit konnte Gasthof Knusperhaus nicht mehr sein. Und es wurde auch Zeit, höchste Zeit, dass man das Ziel der Reise erreichte.

Martine, mit einem Satz, der leider zwei Silben zu lang war, um die erste Zeile eines Sonetts sein zu können: »O Mann, was tut mein Hintern weh, von all dem Sitzen!«

Und Hunger hatte sie inzwischen auch wieder bekommen.

Über das Zimmer konnte man nicht meckern, ein Glück. Das war schon mal etwas, denn manchmal las oder hörte man von Hotelzimmern ja Geschichten, Junge, Junge. Wenn man nach denen ging, konnte man froh sein, wenn sich das Elend auf eine Kolonie Kakerlaken beschränkte. Mit solch einer Geschichte könnten Wannes und Martine nun also nicht nach Hause kommen. Nein, wenn etwas in Ordnung war, musste man das auch sagen. Ein freundliches Zimmer, das zwar etwas muffig roch, doch das würde sich geben, sobald Martine einmal richtig gelüftet hätte. Dann würde der Muffgeruch sich verziehen, und stattdessen kämen Mücken herein.

Die Aussicht war nicht gerade spektakulär; eine ganz gewöhnliche Wiese, aus der man zum Beispiel nie ein Motiv für ein Puzzle machen könnte, aber nichtsdestotrotz eine hübsche Wiese, eine gewisse Ruhe ging von ihr aus, und alles war besser, als auf eine Autobahnauffahrt nebst hektischem Kreisverkehr schauen zu müssen, wie sie zu Hause.

Das Zimmer hätte auch etwas größer sein können, doch wenn man bedachte, dass man doch nur zum Schlafen und zum Waschen hier war, ließ sich das verschmerzen.

An drei Wänden hingen Reproduktionen abstrakter Gemälde, bei denen nicht klar war, ob der Urheber ein Mensch oder eine explodierte Dose Ravioli gewesen war. Unbestreitbar mutig vom Besitzer des Hotels, die Erwartungen der Gäste so zu durchbrechen und das Zimmer nicht mit zum Beispiel getrockneten Edelweiß zu dekorieren. Was für Tirol gut genug war, hätte für den Schwarzwald ja auch reichen können. All die Hässlichkeit an den Wänden hatte jedoch bestimmt nicht die Bohne mit den ästhetischen Überzeugungen des Hoteliers zu tun. Zweifellos hatte er etwas klarmachen, ein Gegengewicht zur reinen Natur vor dem Fenster schaffen wollen. Als ein perfekter Erzieher zur Demut stellte er den Menschen der Natur gegenüber. Ein Statement, das war das Wort, nach dem Wannes gesucht hatte.

Bettwäsche war vorhanden, wie übrigens im Reiseprospekt schon versprochen. Dennoch bezog Martine alles neu, mit ihren eigenen Laken. Hatte sie das Zeug wenigstens nicht umsonst mitgenommen. Außerdem konnte sie bei ihrer Bettwäsche sicher sein, dass die bei der richtigen, bakterienabtötenden Temperatur gewaschen worden war. Sie hatte den Gedanken beruhigend gefunden, in ihrem eigenen, hygienischen Bettzeug zu schlafen, denn Hotelbetten – igitt, sie durfte gar nicht dran denken, wer da schon alles dringelegen hatte. Und vor allem: Was die da alles getrieben hatten, mit sich und mit anderen. Die Männer, behaart von oben bis unten, die … nein, Martine, Schluss jetzt, Kind, gar nicht dran denken …

Angesichts ihres schweren Gepäcks hatte es ausgeschlossen geschienen, dass ihr irgendwas fehlen könnte, doch diese Rechnung hatte sie ohne die deutschen Kissen gemacht. Die Kopfkissen hier hatten die Form von Würsten – da sah man's mal wieder, was für eine entscheidende Rolle die Wurst in der germanischen Gesellschaft überall spielte –, und an sich hatte Martine damit auch gar kein Problem. Schade war nur, dass sie für diese Art Kissen keine Bezüge dabei hatte und sich mit Handtüchern behelfen musste.

Als die Betten gemacht waren, wurden die Putzmittel aus dem

Koffer geholt, und sie nahm sich die Kloschüssel vor, obwohl auch die, wie sie zugeben musste, blitzsauber war. Keine Spur irgendeines Vorgängers zu sehen. Und trotzdem, trotzdem … Wie alt war dieses Hotel? Keine Ahnung. Nach dem Tapetenmuster im Flur musste es jedenfalls schon einige Jahre auf dem Buckel haben, und die Schüssel hatte daher auch schon so manchen Hintern getragen. Schrubbten Putzfrauen auch wirklich sauber genug, wenn sie auf einer Schüssel nicht selbst sitzen mussten? Und schrubbten sie gründlich, wenn sie dazu noch schlecht bezahlt wurden, wie man doch leider immer annehmen musste?! Am liebsten, ehrlich gesagt, hätte Martine gleich ihre eigene Klobrille von zu Hause mitgebracht. Es gab nun mal Dinge, die man nicht gern mit anderen teilte, und eine Klobrille gehörte für sie eindeutig dazu. Angst vor einer gründlichen Zollkontrolle jedoch sowie vor dem Spott, wenn der Kofferinhalt dabei entdeckt würde, hatte sie zuletzt von ihrem Vorhaben abgehalten.

Insgesamt allerdings endete die Inspektion des Bads positiv. Es hatte eine Dusche (keiner von ihnen kannte das von zu Hause, was noch Potenzial zu Verwicklungen bot), es gab genug Klopapier, der Stöpsel des Waschbeckens ließ kein Wasser entweichen, das warme war weder zu warm noch das kalte zu kalt, man konnte gut lüften … Kurzum, sie fühlten sich wie im siebenten Himmel. Nur morgens das Waschen könnte vielleicht etwas schwierig werden, vor allem, weil Jimmy um keinen Preis wollte, dass jemand ihn komplett hüllenlos sah. Seine Mutter, okay. Lieber nicht natürlich, doch wenn's nicht anders ging, konnte er sie im Bad noch ertragen. Doch Wannes? Dem würde er sich nie im Adamskostüm zeigen. Weder Wannes noch irgendeinem anderen Fremden!

Das Zimmer hatte sogar einen Fernseher. Die ganze Zeit hatte Martine widerstehen können, das Gerät einem klitzekleinen Test zu unterziehen, bis es sie plötzlich überkam und sie den Koloss anstellte.

»Was machst du da? Du bist doch nicht in den Schwarzwald gefahren, um die ganze Zeit vor der Glotze zu sitzen, oder?«

Im Bus hatte sie es noch verdrängen können, hatten die ständig wechselnden Landschaften für Ablenkung gesorgt, und für Momente sogar hatte sie überhaupt nicht mehr daran gedacht. Doch nun, beim Anblick dieses Geräts, eines Telefunken PAL-Color 708S, fiel ihr wieder ein, dass sie mehrere Tage ohne eine Folge von *Home Is Where My Children Cry* würde auskommen müssen. War Wannes überhaupt klar, was in solch einer Serie in einer einzigen Woche alles passieren konnte? Der korrupte Anwalt Philip Olufson könnte ermordet werden. Nur so zum Beispiel. Eric Crimson könnte sich mit einem Flittchen einlassen, ihm wär das zuzutrauen, dem geilen Bock. Oder Edward Armstrong könnte Heimweh nach New York bekommen und sein Warenhausimperium verkaufen. In einer Woche könnte Emma Goldrush mühelos drei Ehen auseinanderbringen. Wie sollte man in der Serie noch mitkommen, wenn man all diese genialen Handlungsumschwünge verpasst hatte? Eine Woche in *Home Is Where My Children Cry*, das war der Unterschied zwischen Proterozoikum und Renaissance! Doch angesichts dieser Zimmerausstattung überkam Martine ein Fünkchen Hoffnung: Es gab einen Fernseher, in Farbe sogar, gesegnet sei der Herr, amen, und sie schaltete sich durch die Programme, auf der Suche nach dem niederländischsprachigen belgischen Sender. Doch ohne Erfolg. Und unbegreiflich.

Es musste ein Fluch sein, nach 45 noch als Deutscher herumlaufen zu müssen, von Hollywood systematisch dargestellt als bleicher, sadistischer Neurotiker, der seine homosexuellen Neigungen zu unterdrücken versuchte. Jeder Mensch mit einer Spur Einfühlungsvermögen musste Mitleid mit der Nachkriegsgeneration haben, die stets aufs Neue, wohin sie auch ging, an Gräuel erinnert wurde, für die sie selber nichts konnte. Auch Martine fand das. Es war ungerecht, für seine Eltern büßen zu müssen. Doch jetzt konnte auch sie sich die Bemerkung nicht verkneifen, es sei schon komisch, dass die Messerschmitts der Nazis, die seinerzeit die Radieschen ihres Vaters bombardiert hatten, mit ihrem Radar den Luftraum bis nach Sibirien abhören konnten und dass dasselbe Volk oder, besser, die Kinder desselben Volks es heute nicht mal mehr fertigbrachten, mit einer Antenne die Fernsehsignale eines Nachbarlands hereinzubekommen.

»Du wirst jetzt doch nicht rumbocken, bloß weil du deine Lieblingssendung im Fernsehen nicht gucken kannst?«

Nein, das hatte Martine nicht vor. Schon vor der Abreise hatte sie sich damit abgefunden, ihre geliebten Figuren eine Woche lang nicht mehr zu sehen. Es war nur ein Anfall gewesen. Wie der eines Exrauchers, wenn er Zigarettenqualm riecht. Und sollte sie es eventuell gar nicht mehr aushalten, man wusste ja nie, und womöglich bleibender Schaden drohen, konnte sie immer noch die deutschen Sender einschalten. Denn auch dort lief ihre Lieblingsserie natürlich, wenn auch synchronisiert, und daher für sie nur teilweise verständlich. Lächerlich außerdem, Emma Goldrush in einem amerikanischen Schlitten über die Golden Gate Bridge gleiten zu sehen, unterwegs zu ihrem Therapeuten vielleicht, und sie dann mit einer überhaupt nicht zu ihrem Charakter passenden Stimme sagen zu hören: »Aber ich fürchte, ich würde vor Müdigkeit …«

Als Hilfsmittel bei ersten Entzugserscheinungen konnten die

deutschen Folgen sicherlich dienen. Doch Martine erwartete keine Probleme. Sie hatte sich wieder im Griff. Die sieben Tage ohne *Home Is Where My Children Cry* würde sie mühelos überstehen, das wusste sie jetzt.

Die Tische im Speisesaal des Hotels waren gedeckt, und diejenigen, die ein Zimmer im Dunsthauch der Küche gebucht hatten – zum Glück oder Unglück, wie man's betrachtet –, spürten am steigenden Wasserstand in ihrem Mund, dass ihnen ein entscheidendes Ereignis bevorstand. Ein paar Viertelstunden nur noch, und die Nebel um Wahrheit und Dichtung in Sachen deutscher Küche würden sich lichten. Martine konnte ihre Ungeduld kaum bezwingen und hätte sich am liebsten gleich an einen Esstisch gekettet, hätte sie nicht erst noch eine kleine Pflicht zu erfüllen gehabt, und zwar ihre Eltern anzurufen.

Ihr graute vor dem Gedanken, ins Dorf gehen zu müssen und dort eine Telefonzelle zu suchen. Außerdem hasste Wannes Telefonieren und fand es eine alberne Idee, seine kostbare Urlaubszeit an ein hohles und geldfressendes internationales Gespräch zu verschwenden, nur um zwei alte Angsthasen zu beruhigen. Denn so war's doch. Martines Eltern hatten nie viel von der Welt gesehen; was sie davon wussten, erzählte ihnen jeden Tag ihr Vertrauter, Lucien Boussé, Moderator der flämischen Fernsehnachrichten, ihres gesprochenen Tageblatts, und dadurch waren sie genauso gut informiert wie andere, viel weiter gereiste Seelen. So wussten sie zum Beispiel, dass die Bolschewiken in Deutschland eine Mauer gebaut hatten, man dort Abhörgeräte in Nachttischlampen einbaute und die Linksextremisten der Baader-Meinhof-Gruppe mit ermordeten Arbeitgebern im Kofferraum durchs Land fuhren. Deutschland – *ihnen* brauchte man nichts zu erzählen, sie hatten im Krieg fünf Jahre lang Kartoffelschalen und tote Ratten gefressen – trug die blutige Last der europäischen Geschichte. Das war schon immer so, und so würde es bleiben. Lucien Boussé sagte übrigens dasselbe, und der hatte einen Universitätsabschluss. Martines Eltern konnten denn auch nicht begreifen, warum das belgische Außenministerium nicht vor Reisen in das Krisengebiet zwischen Flensburg und Friedrichshafen warnte und warum es nicht alle Diplomaten unverzüglich aus dem Schurkenstaat zurückrief. Martine hatte also gute Gründe, sich kurz bei den Eltern zu melden und ihnen zu sagen, dass sie gut angekommen waren und es unterwegs weder Straßensperren noch Sprengstoffanschläge gegeben hatte. Und dass zwar die Kopfkissen hier die Form von Bratwürsten hatten, aber auch das kein Grund zur Panik sei.

Wannes meinte, sie solle allein telefonieren gehen, er und Jimmy würden sich inzwischen fürs Abendessen frisch machen. Das Bad sei für drei Personen ja doch viel zu klein.

Damit war Martine auf sich selbst angewiesen und hatte ein für ihre Verhältnisse gewaltiges Abenteuer vor sich. Allein dem Unbekannten entgegen. Sie hatte jedoch, Wunder über Wunder, auf eigene Faust in dem ihr noch wildfremden Land eine Telefonzelle gefunden und die ganze Tour relativ gut überlebt. Zur Belohnung würde sie sich später die Woche genüsslich ein Stück Torte genehmigen.

Martine war gerade rechtzeitig von ihrem Telefonabenteuer zurück, um den Gratis-Willkommenstrunk des Gasthofs Knusperhaus mitzubekommen. Sie bemerkte sofort, dass Wannes und der Kleine während ihrer Abwesenheit Knatsch gehabt hatten. Mit kriegslüsternen Mienen saßen die zwei sich am Tisch gegenüber. Der Jüngere mit seinem bekannten Flunsch. Der Ältere mit von hohem Blutdruck gerötetem Kopf. Doch im Augenblick passte es gar nicht, darüber zu reden, denn gerade hieß der Hotelbesitzer alle feierlich und von Herzen willkommen und erklärte, dass es ab morgen nicht drei, sondern vier Mahlzeiten pro Tag geben würde, eine Nachricht, die mit lautem und andauerndem Applaus quittiert wurde. Im Schwarzwald, wurde ihnen erklärt, kenne man auch noch die Vesper, eine Art Vorabendbrot. Das ging zum Teil auf Martin Luther zurück, der die übertriebene Frömmigkeit der Stundengebete abgelehnt und als Alternative empfohlen hatte, die Vesperpsalmen durch ein Mahl zu ersetzen. Denn, und das wusste sein Volk, vor allem fressend kam man näher zu Gott.

Vespermahlzeiten bestanden in der Regel aus Bauernbrot, Speck, Blutwurst und einer rohen Zwiebel. Natürlich gingen überall auf der Welt von so einem Essen Lebern kaputt, außer in Deutschland, wo man seinen Verstand benutzte und Schnaps dazu trank, um die Verdauung zu unterstützen.

Dass das Luthertum nicht bis in die letzten Winkel der Welt vorgedrungen war, blieb ein Mysterium, das Doktoranden vor immer neue intellektuelle Herausforderungen stellte.

Heute Abend, fuhr jetzt der Reiseleiter fort, bliebe die Bar etwas länger geöffnet, damit alle Gelegenheit hätten, sich besser kennenzulernen. Auch Akkordeonmusik werde es geben, sie hätten heute lang genug stillgesessen.

Für Wannes und Martine stand das Programm damit fest. Sie hatten den anderen noch eine Runde auszugeben und wollten das lieber gleich an diesem Abend hinter sich bringen. Gut und viel essen, einen besseren Rat wusste auch Martine nicht, um diese Aufgabe mit frischen Kräften in Angriff zu nehmen.

Erst als die Kellner die Herzen und Mägen erfreuten und endlich mit dampfenden Tellern Rinderbouillon herangeeilt kamen, als der Raum von Dutzenden Gesprächen bei Tisch widerhallte, von lautem Lachen, umgestoßenen Gläsern und auf Tellerböden kratzenden Löffeln, hielt Martine den Moment für gekommen, ihre Lieben zu fragen, warum sie so ein Gesicht machten. Hatten sie sich etwa gestritten, während sie telefoniert hatte?

»Gestritten? *Gestritten*, sagst du? Wenn's das nur wäre! Der Kleine will kein Wort mit mir reden! Kein Laut kommt über die Lippen des gnädigen Herrn. Als wär ich für ihn ein Stück Dreck!«

»Er wollt mir beim Duschen zusehen!«, verteidigte sich Jimmy.

Am Tisch nebenan wurde es mucksmäuschenstill. Dabei erzählte einer gerade einen vielversprechenden Witz.

»Ich muss doch nachsehen, ob er sich ordentlich wäscht!«, erwiderte Wannes, laut genug, um die Lauscher am Nebentisch zu beruhigen. »Wie oft steigt er zu Haus nicht mit den Ohren voll Schmalz aus der Wanne, oder mit Krusten, wo das Sonnenlicht nur bei Nudisten hinkommt!«

(*Warum können die hier keine Musik spielen, verdammt noch mal? In allen Restaurants auf der Welt, mit oder ohne Sterne, läuft doch Musik!*)

»Und außerdem: Ich werd doch wohl kontrollieren dürfen, ob du dich richtig gewaschen hast? Du wirst dich doch nicht vor dem eigenen Vater genieren?«

Vielleicht, dachte Martine ganz modern, hat der Junge eine Vitricophobie und muss nach dem Urlaub – wie Maggie Armstrong in Folge 6 von *Home Is Where My Children Cry* – in Therapie!

Vitricophobie: Angst vor dem Stiefvater. Wozu ein medizinisches Lexikon nicht alles gut war!

Darauf suchte sie Augenkontakt mit dem Kellner und bat um noch etwas Suppe.

Was war der große Unterschied zwischen einem Mann und einer Frau?

Die Reisegesellschaft hing schlaff und pappsatt in den Sesseln der Bar. Der sakrale Moment, in dem die Gelegenheitsraucher zu einer Zigarre griffen oder sich eine Pfeife stopften, die sie im vergangenen Urlaub oder nach dem Neujahrsdiner zum letzten Mal ausgeklopft hatten. Cognacgläser wurden geschwenkt und unter die Nase gehalten, Hosengürtel gelockert und die vom Schnaps geröteten Wangen der Damen im Lufthauch des Deckenventilators gekühlt. Man hatte dem Alkohol schon reichlich zugesprochen, so dass auch weniger gelungene Witze brüllendes Gelächter ernteten, und endlich hatte auch Willem, ein sonst eher stiller Genießer mit drei Schwarzwaldreisen im imaginären Ehrenregister, sich an die Runde gewandt und gefragt: »Kennt ihr den Unterschied zwischen einem Mann und einer Frau?«

Der Mann im Bierseidel-T-Shirt sprang auf. »Ha, ich denk schon!«, rief er, schaute demonstrativ in seine Hose, fuhr dann jedoch fort: »'tschuldigung, ich kann's euch leider doch nicht sagen, ich dachte nämlich, der Unterschied wäre viel größer.«

Ein Mann, von dem aller Stress abgefallen war.

Tja, worin lag der Unterschied also dann? Zwischen einem Marokkaner und einem Abfalleimer, *der* war einfach. Den Unterschied zwischen 'nem Homo und einem schwarzen Schaf kannte auch jeder. Aber zwischen einem Mann und einer Frau? Junge, Junge, warum immer so schwierige Fragen?

»Hat es was mit Zuspätkommen zu tun? Mit im Bad verbrachten Stunden? Auch nicht? Mit Strümpfen im Bett? Nein? Mit Sex? Mit Sex auch nicht? Wirklich nicht? Tja, dann kann ich's nicht sagen. Los, Willem, erlös uns!«

Willem der Erlöser. »Ein Mann will immer die erste Liebe im Leben der Frau sein. Eine Frau will im Leben ihres Mannes immer die letzte Liebe sein.«

»Und weiter?«

»Wie: und weiter?«

»Na ja, eben weiter – wie geht's weiter? *Y después*, wie der Spanier so schön sagt.«

»Es geht nicht weiter, das war's, wenn du das meinst.«

»Aber dann ist das kein Witz, Willem! Dann ist das so 'n Spruch, wie man ihn beim Chinesen im Keks vor dem Bezahlen bekommt oder wie ihn Pastoren auf dem Beginenball den Betschwestern ins Ohr flüstern.«

Obwohl es kein richtiger Witz war, lösten Willems Worte und erst recht die Reaktionen darauf die erwartete Heiterkeit aus.

Jimmy, der die ganze Zeit stumm, doch gefesselt den Zirkus sozialer Umgangsformen der Erwachsenen studiert hatte, fand Willems Worte dagegen durchaus interessant, auch wenn sie mit so viel Hohn quittiert worden waren. Er bewegte sie im Kopf hin und her, nahm sie auseinander und setzte sie wieder zusammen; eine Beschäftigung, der er zu Hause, wenn auch nicht so erfolgreich, gern mit Radios und Weckern nachging. Und plötzlich kam ihm der Gedanke: *›Die letzte Liebe meiner Mutter‹, wär das kein guter Name für ein Parfüm?*

Zum zweiten Mal innerhalb weniger Stunden forderte man Wannes und Martine auf, einen aktiven Beitrag zur Unterhaltung zu liefern und endlich auch mal einen Witz zum Besten zu geben.

Es hatte keinen Sinn, sich hinter der Ausflucht zu verstecken, ein schlechter Erzähler zu sein. Und die Behauptung, man habe kein gutes Gedächtnis für Witze, würde nur als Unwille gesehen, sich in die Gemeinschaft zu fügen. Alles in allem hätte es schlimmer kommen können, wenn zum Beispiel jemand einen Playbackwettbewerb organisiert und sie vor vollendete Tatsachen gestellt hätte. Bloß einen Witz, mehr verlangte man nicht, ob gut oder schlecht, war eigentlich schon egal. Ein einziger Witz, und sie wären für den Rest der Woche von allen akzeptiert.

»Also gut«, nahm sich Martine schließlich zusammen und verdiente schon darum den Orden für Mut und Selbstaufopferung.

»Ich kann das nicht so besonders, und es braucht auch niemand zu lachen, aber dann geb ich eben auch mal einen Schwank zum Besten.«

Dankbarer und anfeuernder Applaus. Von Wannes, der sich gerettet fühlte, am meisten.

Martine bekam schweißnasse Hände. Sie hasste es, im Mittelpunkt zu stehen, alle Augen auf sich gerichtet. Doch es gab kein Zurück. Noch einmal tief einatmen und dann …

»… Kommt ein Mann wieder mal morgens um sieben nach Hause, von einer Sauftour mit seinen Kumpels. Er ist ziemlich blass, seine Hose ist schmuddlig, die Augen sind trüb, und er hat seinen Mantel verloren. Seine Frau will wissen, wo der Mantel geblieben ist, schließlich war er teuer, ein warmer Wintermantel, den kann er doch nicht einfach so irgendwo verloren haben. Also fragt sie ihn, wo er sich die ganze Nacht rumgetrieben hat. Aber er erinnert sich an nichts mehr. Keine einzige Kneipe, keine Straße, keinen Platz, kein Gesicht – einfach nichts mehr weiß er. Nicht mal, ob er sich wenigstens amüsiert hat. Aber sie, die den

Haushalt seit Jahren zusammenhält und den Mantel, nebenbei bemerkt, auch noch bezahlt hat, sie will unbedingt wissen, wo das gute Stück geblieben ist. Und wenn sie hundert Tage dazu braucht, und wenn sie ihm das Hirn auslöffeln muss – an irgendwas muss er sich doch erinnern, irgendeine Spur muss es doch geben. Und er strengt sich an, konzentriert sich wie seit Jahren nicht mehr, trotz seiner hämmernden Kopfschmerzen. Und auf einmal sagt er: Mir fällt was ein, irgendwo war da ein silbernes Klo ... Sie ist sich nicht sicher, ob sie ihn richtig verstanden hat, schließlich hat er auch keine so klare Aussprache mehr, aber er sagt es noch mal: Ja, jetzt weiß ich's wieder, ich war irgendwo, wo sie ein silbernes Klo hatten. Sie nimmt ihn also am Arm, geht mit ihm in die Stadt und klappert alle Kneipen ab, um die Wirte zu fragen, ob sie ein silbernes Klo haben ... In dreißig verschiedenen Läden sind sie schon gewesen, aber ohne Erfolg, was natürlich zu erwarten war. Im einunddreißigsten jedoch ruft der Besitzer auf einmal seinen Koch dazu und sagt: ›Chef, ich glaub, jetzt hab ich den Kerl, der dir heut Nacht in einen der Töpfe geschissen hat!‹«

Alle waren sich einig: Auf so einen köstlichen Witz musste man anstoßen – mit einem Schnaps!

Ein stolzer Wannes kniff Martine unter dem Tisch in eins ihrer Röllchen gesättigter Fette und flüsterte ihr ins Ohr, dass er gar nicht gewusst hatte, dass sie so gut Witze erzählen könne. Und sie, erleichtert, dass alles vorbei war, gab flüsternd zurück, dass es auch gar kein Witz gewesen war, eigentlich.

Es war drei Uhr in der Nacht, und während ein unerträglicher Durchfall Wannes an die Kloschüssel fesselte, dachte Martine an die Köpfe toter Hirsche und Wildschweine, die sie den ganzen Abend im Speisesaal strafend angestarrt hatten mit ihren gläsernen Augen. Sie war von sich selbst überrascht, dass sie die – allerdings köstlichen – Fleischgerichte so sehr hatte genießen können, an einem Ort, wo deren präparierte sterbliche Hüllen ringsum die Kamine zierten. Und nicht nur die Kamine; bis auf die Gästezimmer hing das ganze Hotel voll ausgestopfter Tiere. Jeder Quadratmeter Wand trug einen abgeschlagenen, auf einem Brett befestigten Kopf, als handelte es sich um eine Medaille oder ein Gütesiegel, mit denen die Direktion unterstreichen wollte, dass alles, was hier auf den Tellern in Seen von Soße trieb, aus den unberührten Wäldern der Umgebung stammte, die von keinem Partikelchen Abgas jemals verpestet worden waren. Als sollte damit gesagt werden, man befinde sich in einem Land, wo Kugeln billiger seien als Tapete.

Etwas in Martine jedoch raunte, dass so viel Tod an den Wänden nicht echt, nicht authentisch sein konnte. Wenn die Touristensaison vorbei wäre, würde die Dekoration bestimmt weggepackt, in dasselbe muffige Loch, wo im Sommer die Christbaumkugeln vor sich hin staubten. Obwohl es ihr sogar gefiel, fand Martine diesen ganzen Röhrender-Hirsch-Kitsch um sich herum doch auch unglaubwürdig. Hätte man ihr erzählt, der Schwarzwald sei ein Puppenhaus, das in den Urlaubsmonaten aufgebaut werde, um ausländische Touristen zu betören, sie hätte es geglaubt. Die Rehe über Tisch vier waren Teil einer Inszenierung, in die auch Trolle und Kobolde gepasst hätten.

Aber – der Aufbau des hier Erzählten will es, dass nun ein großes »Aber« erfolgt – Martines erstes Abendessen im Knusperhaus hatte ihr vorzüglich geschmeckt. So sehr, dass ihr beim Gedanken daran schon wieder das Wasser im Munde zusammenlief, was einigermaßen verwunderlich war, da Wannes nur drei Meter von ihr entfernt vor sich hin stank wie ein Wiedehopf.

Zunächst hatte es Suppe gegeben, eine Rinderbouillon mit Pfannkuchenstreifen, auf der wie Ölflecken göttliche Fettaugen trieben. Wannes konnte mit alldem nichts anfangen: Pfannkuchensuppe, wie weit wollte man die Infantilität in der Gastronomie hier noch treiben? Doch Martine hatte drei Teller verputzt und hätte gern noch einen vierten genommen, hätte sie nicht gewusst, dass sie noch drei Gänge vor sich hatten. Das gekochte Rindfleisch mit Meerrettichsoße und Kartoffeln hatte Martine ebenfalls herrlich gemundet. Ein normaler Mensch würde jetzt eventuell sagen: »Rindfleisch nach Rinderbouillon, das ist doch ein bisschen doppelt gemoppelt?«, aber Martine war eben auch kein normaler Mensch mehr, sobald sie eine Gabel in Händen hielt.

Stöhnend vor Krämpfen verfluchte Wannes sämtliche Rinder, die sich je auf germanischem Grund schlachtreif gegrast hatten, und er verfluchte sich selbst, weil ein Urlaub im eigenen Land ihm nicht genügt hatte. Oder noch besser, ein Urlaub zu Hause, bei verrammelter Tür! Als hätte sein Schließmuskel sich in der Rinderbouillon aufgelöst, schoss die wässrige Brühe aus ihm heraus, gefolgt von schmerzhaften Krämpfen, dem Drang, achtern noch mehr auszuspucken, doch worauf einfach nichts kam. Würgen mit dem Anus, so müsste man dieses Gefühl einem Hausarzt beschreiben. Ein Mensch, der Leere schiss. Und das bis fünf Uhr morgens; es wurde schon hell, der Stieglitz flog schon zwitschernd dem Morgen entgegen.

Für Martine war klar, dass der wässrige Stuhlgang ihres Geliebten unmöglich an dem edlen Fleisch liegen konnte, das ihnen am Abend kredenzt worden war. Der Salat, okay, der war nicht besonders gewesen, und erfahrene Reisende bestätigten das: Deutsche konnten keinen Salat zubereiten! Seltsamerweise versuchten sie es störrisch immer wieder und setzten einem zu jedem Gericht im Restaurant ein Schälchen voll vor. Erstaunlich für ein Volk, das lange genug vor einem Vegetarier den rechten Arm hatte heben müssen.

»Das«, so hatte der Liebhaber von Freddy Brecks Liedkunst über seinem Teller geschnaubt, als die heikle Frage »Die Deutschen und der Salat« debattiert wurde, »war Hitlers größter taktischer Fehler! Nicht Stalingrad, sondern sein Ekel vor Fleisch! Eine Rasse von Karnivoren im Allgemeinen und von Wurstessern im Besonderen musste doch auf Dauer an jemandem zweifeln, der im Herzen ein General war, aber bei Tisch ein Karnickel!«

Mit anderen Worten, man wusste nicht recht, wie man die deutsche Unfähigkeit, einen Salat hinzubekommen, interpretieren sollte. Möglicherweise war Absicht im Spiel, taten sie bewusst allerlei fiese Kräuter hinein, um sich an dem beschnauzten Monstrum zu rächen, das ihnen die Vergangenheit so sehr vergällt hatte. Oder war es doch ein missglückter Versuch, andere Nationen zu kopieren? Die Diskussion war noch immer in vollem Gang, als die letzte Kartoffel mit einem Schluck Weißburgunder hinuntergespült wurde und der Musiker sich das Akkordeon vor den Bauch schnallte, bereit, mit »Zwei kleine Italiener« zum unterhaltsamen Teil des Abends überzuleiten. Da hatte Wannes schon das Rumoren in seinen Eingeweiden verspürt und einen leisen Wind fahren lassen müssen, wobei er das dumpfe Gefühl hatte, nicht nur Luft sei dabei nach draußen gekommen. Und die Kirschtorte sollte erst noch aufgetragen werden.

Obwohl Martine vom Salat also auch nicht begeistert gewesen war – an dem Durchfall konnte er nicht schuld sein, dazu war er doch noch zu gut gewesen.

»Du hättest einen Schnaps trinken sollen! Hat der Reiseleiter nicht gesagt, Schnaps fördert die Verdauung?«

Doch eigentlich sah Wannes nicht aus, als müsse seine Verdauung noch besonders gefördert werden. Er wirkte wie eine Leiche auf Urlaub und klang auch so.

Das Bad war gefliest, so dass jeder donnernde Furz unendlich verstärkt wurde. Als wollten die Wände sich diese Klänge in einem fort zuwerfen, sie widerhallen lassen bis ans Ende der Welt.

Jetzt wusste es Martine! Während sie in ihrem Medizinlexikon beim D von »Durchfall« nachschlug, sah sie das Licht! Ihr analytischer Geist hatte die Ursache von Wannes' Dünnpfiff erkannt! Die verdammten Hamburger bei McDonald's waren der Grund für diese Bescherung! Kein Zweifel, die amerikanischen Gummiklopse waren die Übeltäter. Das kam auch Wannes glaubwürdig vor. Außerdem befreite es ihn in den kommenden Tagen von Argwohn dem hiesigen Essen gegenüber.

Als treu ergebene Geliebte, die sie war, warf Martine sich ihren Bademantel über und brachte Wannes ein Buch von Konsalik ins Bad.

Auch Jimmy lag die ganze Zeit über wach, hielt sich jedoch wohlweislich die Decke über den Kopf. Damit niemand sehen konnte, wie er sich vor Lachen fast kringelte.

Am Frühstückstisch sah Jimmy sie wieder. Héloïse, in khakifarbenem Faltenrock und einem T-Shirt in reichlich psychedelischen Farben. Es dürfte das erste Mal in seinem Leben gewesen sein, dass Jimmy die Kleidung von irgendwem auffiel. Ihm, der seine Hemden immer noch falsch knöpfte und alles angezogen hätte, was die Mutter ihm morgens hinlegte, und wenn es grüne Strümpfe mit rosa Punkten gewesen wären. Dem es auch später nie auffallen würde – darauf konnte man wetten –, wenn seine Frau mit einer neuen Bluse nach Hause käme.

Schüchtern und mädchenscheu fürs Leben, hob er grüßend die Hand und wusste sich vor Glück kaum zu fassen, als Héloïse strahlend zurückwinkte.

Ein Mädchen, das sich die Zähne gut putzte, das sah man an ihrem Lächeln.

Gestern Abend im Speisesaal hatte er vergeblich nach ihr Ausschau gehalten. Aus Angst, sich lächerlich zu machen, hatte er seine Mutter nicht gefragt, wo Héloïse und ihr Großvater blieben. Denn, tja, wo sollten sie sein? Vielleicht waren sie einfach vom Nachmittag noch satt, wollten sich der Dekadenz mehrerer Fressgelage pro Tag nicht aussetzen und waren auf ihrem Zimmer geblieben, froh und zufrieden, mit einem Glas Wasser. Oder sie hatten nur Halbpension genommen, um die Reisekosten zu senken. Ihr Großvater – wie viele Jahresringe mochte er zählen? – vertrug vielleicht solche großen Portionen nicht mehr. Wenn Jimmys Großmutter väterlicherseits, die fidelere von beiden, am Mittwochnachmittag mit ihren Freundinnen bei Törtchen und Kriek Karten spielte, hatte er, kleiner Kiebitz, das schon öfter gehört: Ein alter Magen verdaut nicht so schnell – und außerdem schlecht. Doch wie dem auch sei: Héloïse und ihr Großvater waren dem Abendessen ferngeblieben, und Jimmy hatte einen Anflug von Panik verspürt. Doch jetzt, wo sie ihm in ihrem todschicken T-Shirt zuwinkte wie, sagen wir, Lois Lane Superman, kurz bevor er hinter einem Wolkenkratzer verschwindet, konnte Jimmy all seine Sorgen wieder vergessen. Héloïse war kein Trugbild gewesen, und nachher – beim ersten Ausflug, der Besuch eines Kuckucksuhrenmuseums – könnte er im Bus wieder neben ihr sitzen. Was bedeutete, dass ihm nicht der ganze Urlaub von Erwachsenen vergällt werden würde, die ständig nur vom Essen redeten.

Da fiel ihm plötzlich etwas ein: Würde seine Mutter, bei ihrer Obsession für alles, was gekaut und geschluckt werden konnte, sich endlich mal richtig schuldig fühlen, wenn er jetzt, nur so zum Spaß, Anorexie bekäme?

Tatsächlich, sie schwafelte schon wieder vom Essen! Alle Umsitzenden bekamen zu hören, wie ihr Mann sein Abenteuer bei McDonald's gebüßt hatte: mit einem Durchfall, den sie in den schillerndsten Farben beschrieb. Danach konnte sie es nicht lassen, sich selbst ausführlich zu loben, weil sie den von der NASA entwickelten Durchfallblocker eingepackt hatte, ein Hammermittel, das Wannes innerhalb weniger Sekunden nach Einnahme endlich vom Klo heruntergeholt hatte, so dass er wenigstens noch ein bisschen habe schlafen können, nicht wahr, und jetzt konnte er auch ohne Furcht seine Butterschnitten mit fingerdicken Schinkenscheiben belegen.

Beeindruckend, all das Fleisch, das man hier zum Frühstück bekam!

»Wir laufen mit offenen Augen in die Falle«, sagte einer, der es noch alles erlebt hatte. »40 bis 45 haben die Deutschen uns ausgehungert und den Krieg trotzdem verloren. Jetzt stopfen sie uns voll, und wir lassen uns ohne Protest mästen, bis wir umfallen! Das verstehe, wer will!«

Bevor Jimmy sich neben Héloïse in den Bus setzen konnte und endlich von all dem Geschwafel erlöst wäre, mussten allerdings erst noch Ansichtskarten gekauft werden, fanden Wannes und Martine. Denn so gehörte sich das. Ansichtskarten kaufte man gleich nach der Ankunft, kritzelte sie voll und steckte sie in den Kasten. Denn der Reisende durfte nicht früher nach Hause kommen als seine Grüße, sonst sähe es so aus, als wäre er nur zwei Tage fort gewesen. Natürlich hatte man über den Urlaubsort noch gar nichts zu schreiben, denn den hatte man noch gar nicht gesehen, und so fanden die ersten entzückten Gespräche über »die wunder-wunderschöne Umgebung!« nur allzu oft an einem Kartenstand statt.

Es war ja auch nur eine Aufmerksamkeit, so ein Gruß, bloß um zu sagen, dass man auch im Ausland an den anderen dachte. Was auf der Rückseite stand, war egal. Und weil es egal war, schrieb Martine immer dasselbe, das heißt, die wenigen Male, die sie schon verreist war: »Sonnige Grüße aus …« Auch wenn es regnete. Denn Schadenfreude durfte man den Zuhausegebliebenen nicht gönnen. Außerdem waren die Grüße sonnig, nicht das Wetter.

Als Arbeiter sah Wannes sich nun mit dem Problem konfrontiert, dass die proletarische Tradition von ihm verlangte, den

Kollegen eine Postkarte mit einem schwül dreinblickenden, sprich: nackten, affentittengeilen Weibsbild zu schreiben. Die Spinde in seiner Firma, der VW-Fabrik Vorst, waren gepflastert damit: Damen im Evaskostüm auf dem Bouleplatz, als sei barmösig Boule spielen die normalste Sache der Welt. Zu den Fotos gehörte gewöhnlich ein Spruch, in dem auf hinterlistige Weise das Wort »Boules« – »Kugeln« – verarbeitet war. Ein anderes Beispiel, auch aus der Wunderwelt des Pétanque: das Foto einer weder allzu hässlichen noch allzu betagten Boulespielerin, die das Anziehen am Morgen natürlich auch wieder vergessen hatte, zwei Bälle in der Hand, und darunter der Spruch: *»L 'après midi on pointe, le soir on tire«* – »Nachmittags zielt man, abends kommt es zum Schuss.« Nun ja ... Es gab an den Schränken natürlich auch plattere Beispiele, die zeigten, dass nicht alle Nacktfotografen mit ihren Modellen die Bouleplätze unsicher machten. Details, die zur Humanisierung der Arbeitswelt beitrugen und die zu begrüßen waren. So wird man verstehen, dass Wannes seinen Kollegen nicht mit einer Karte mit Kuckucksuhrenmotiv kommen konnte. Die Gewerkschaft hätte das als Erschlaffen der Solidarität interpretiert.

Martine verstand es.

Das Angebot an nackten Schönen in diesem Souvenirladen war allerdings sehr begrenzt und eigentlich auch zu brav, um die Brüsseler Produktion von VW auf Touren zu bringen. Im Vergleich zu den Stränden von Alicante zum Beispiel war der Schwarzwald dem einfachen Arbeiter feindlich gesinnt. Doch Wannes war ein vernünftiger Mann, der stets mit den gegebenen Umständen umzugehen wusste – fand er übrigens auch selbst –, und er nahm eine Ansichtskarte mit einer so blonden wie blauäugigen Zenzi mit Zöpfen, nacktem Oberkörper – das zum Glück schon – und in jeder Hand zwei ausgewachsenen Bierkrügen. Der feinsinnige Text dazu lautete: »Wein, Weib und Gesang« (die Heilige Dreifaltigkeit laut Verseschmied Johann Heinrich Voss, der nach dieser Zeile – bis auf weiteres die berühmteste Drillingsformel der Literatur – nichts Bedeutendes mehr zu Papier bringen sollte).

Gleich würde Wannes sich von seiner verwegensten Seite zeigen und hinten auf die Karte etwas über Rollmöpse schreiben. Weil sich das so gehörte. Um die Stimmung der Kollegen ein bisschen zu heben.

Um Jimmy nicht auf schiefe Gedanken zu bringen, entschloss sich Wannes zu einer Erklärung. Er war schließlich sein Vormund, ein Mann mit Vorbildfunktion.

»Denk jetzt bloß nichts Falsches von mir. So eine Karte mit einer nackten Frau drauf, das ist bloß zum Spaß – für die Kollegen an der Arbeit, verstehst du?«

Jimmy verstand es. Er hatte sich übrigens auch eine Karte ausgesucht.

»Was hast du da?«

So eine dumme Frage. »Eine Karte.«

»Eine Karte?«

»Ja, eine Karte.«

»Ein Karte für wen?«

»Für meinen Vater.«

Schrecklich hatte Jimmy es gefunden, die Fragen eines Mannes beantworten zu müssen, mit dem er gar nicht mehr reden wollte.

Martines Hand schoss in ihre Handtasche, auf der Suche nach einem Stück Schokolade, obwohl sie genau wusste, dass sie alles schon am Vortag vertilgt hatte. Wannes drehte sich einmal – wie er meinte, ganz lässig – im Kreis, um zu sehen, ob zufällig jemand in der Nähe war, der dieses Gespräch hätte verstehen können. Am Ende gar – Gott behüte! – jemand aus ihrer Reisegruppe.

»Du willst deinem Vater also eine Postkarte schreiben?«

»Ja.«

»Wenn ich dich richtig verstehe, willst du also dem Mann schreiben, der deine Mutter verprügelt hat, der immer besoffen nach Hause kam, sich nie für deine Schularbeiten interessierte …«

»Ja.«

»Okay, wie du willst. Aber du wirst verstehen, dass ich das nicht bezahlen kann. Ich hab nicht das ganze Jahr geschuftet, um meinen Lohn für Karten an besoffene Tyrannen auszugeben. Wenn du trotzdem so eine Karte schreiben willst, bezahl sie mit deinem eigenen Geld. Und die Briefmarke auch.«

»Aber ich hab doch kein Geld!«

»Das ist dein Pech. Kein Geld, keine Karte … Zeig mir das Ding überhaupt erst einmal!«

Eins musste man zugeben: Jimmy hatte eine viel bessere Nase für Postkarten als Wannes, jedenfalls Postkarten nach dem Geschmack von dessen Nachtschichtkollegen. Ein riesiger, dunkel bewachsener Venusberg – meine Herren! »Der Ursprung der Welt« von Courbet, nur eben auf Deutsch. Und in goldenen, blinkenden Lettern darunter stand: »Schwarzwald«.

Was sollte Wannes entgegnen? Er selber stand da mit der Abbildung einer drallen Oktoberfestschönen, nicht die beste Ausgangsposition für eine Sittenpredigt.

Jimmy schaute demonstrativ auf die Postkarte, die ein immer röter werdender Wannes inzwischen bezahlte; dann sagte er: »Wannes, weißt du, was ein Deltiophiler ist?«

»*Wie* redest du mich an?«

»Herr Impens, wissen Sie, was ein Deltiophiler ist?«

Beeindruckend, wie rot Wannes' Kopf werden konnte! Damit ließ sich bestimmt noch viel Geld verdienen, irgendwann mal im Zirkus.

»Nein, weiß ich nicht, und ich will's auch nicht wissen!«

»Ein Deltiophiler ist …«

»Ich hab doch gesagt, ich will es nicht wissen!«

»Ein Deltiophiler ist ein …«

»Wag's nicht, Bürschchen!«

»Ein Deltiophiler ist ein Sammler von Ansichtskarten!«

Jimmy hatte keine Zeit, sich in seiner Kenntnis der seltensten Kreuzworträtselworte zu sonnen. Blitzschnell war es gegangen. Wannes' Hand. Mitten in Jimmys Gesicht, der natürlich viel zu stolz war, deswegen zu weinen.

So lange war es noch nicht her, dass Martine, während sie den von ihrem Mann geschleuderten Blumentöpfen und Suppentellern auszuweichen versuchte, von einem anderen Leben geträumt hatte. Vielleicht war das die ganze Ehe hindurch ihre Rettung gewesen, und sie läge ohne die Gabe, sich ab und zu an einen anderen Ort zu phantasieren, längst auf dem Selbstmordacker neben dem Friedhof – und das ist nicht metaphorisch gemeint. Absolut nicht. Wie oft hatte sie sich dabei ertappt, wenn sie im Schuppen Kartoffeln holte, voll Verlangen den Balken im Dachgestühl anzustarren. Sie war keine Heldin, das wusste sie. Zum Zahnarzt ging sie erst, wenn nicht einmal mehr ein Röhrchen Tabletten die Schmerzen zu lindern vermochte, und selbst dann konnte die Furcht vor der Spritze den Wunsch, die Zahnschmerzen endlich los zu sein, noch besiegen. Vorsorgeuntersuchungen beim Gynäkologen schob sie vor sich her, obwohl deren Wichtigkeit ihr einleuchtete. Doch nie zweifelte sie daran, dass sie ohne zu zögern auf einen Eimer steigen, sich die Schlinge um den Hals legen und springen könnte. Über viele Jahre hatte sie sich Abend für Abend am Dachbalken hängen sehen. Manchmal war sie selbst darüber erstaunt, dass sie fünf Minuten darauf in der Küche die Kartoffeln wieder ganz normal schälte, spülte und auf den Herd stellte, so wie jeden Tag, alles im Dienst eines Manns, der zuletzt doch wieder nur angetrunken nach Haus kam und außerdem viel zu spät, um ihre gediegene Mahlzeit noch warm hinunterzuschlingen.

Martine wünschte sich einen unauffälligen Tod, sie würde den Zugverkehr nicht behindern. Vielleicht wollte sie auch ihren Eltern das Elend ersparen: das Leid und die Schande, eine sündige, weil selbstmörderische Tochter erzogen zu haben. Vor allem aber war da ja noch Jimmy, den sie unmöglich mit seinem Orang-Utan von Vater allein lassen konnte. Im Grunde sollte sie den Jungen mit in den Tod nehmen, das erschien ihr als das Klügste. Bloß: Hatte sie für sich einen ganz und gar untheatralischen Tod im Sinn, eine Art Sterben im Schatten, so wäre es nicht ganz so einfach, ihren Sohn des Lebens zu berauben. Was sagt man als Mutter, wenn man sein Kind umbringt? *»Es ist zu deinem Besten?«* Bevor es so weit käme, hätte der Kleine bestimmt alle Fenster der Umgebung in Scherben gekreischt. Außerdem war der Junge körperlich bereits viel stärker als sie, ihr blieb also nur ein Überraschungsangriff, ihn im Schlaf ersticken, mit einem Kissen oder so.

So hatte sie in der Vergangenheit manchmal gedacht. An die möglichen Mittel, das Wie und das Wann. Sie hätte ein Leben geführt, das höchstens einen Dreizeiler wert war, eine Randnotiz unter dem Titel vielleicht: »Familiendrama in X …«, um danach gleich wieder vergessen zu werden, wie die vielen, über deren Versterben das Lokalblatt unter »Verschiedenes« berichtet, mit etwas Glück wenigstens ohne Rechtschreibfehler im Namen. Die unbesungenen Existenzen. Vergessen, noch bevor sie vergangen. Vergessen, doch endlich vorbei.

Wie gesagt, ihre Tagträume hatten ihr erlaubt, in einer anderen Dimension Atem zu schöpfen, und ihre geliebten Serien dienten einem ähnlichen Zweck: ein Fluchtweg aus der Realität. Seltsamerweise waren gerade die Serien voll ehelicher Krisen und Kräche. Nun ja, »seltsamerweise« … Man muss kein Genie sein, um einsehen zu können, dass gerade die Unglücklichen sich gern ein Weilchen ins Leid von anderen versenken. Das Elend ist außerhalb, bis zur Reklame. Und so blieb sie am Leben, dem Tag entgegen, an dem sie Wannes begegnen sollte.

Die ganze Fahrt nach Furtwangen über hatte sie aus dem Fenster gesehen, um plötzlich erschrocken zu realisieren, dass sie immer noch tagträumte. Passierten sie einen Bauernhof, fragte sie sich, wie es wohl wäre, dort zu wohnen, zu arbeiten und zu lieben. Jeden Anlass, sich in andere Leben hineinzuversetzen, ergriff sie begierig – und sie hätte sie samt und sonders gern ausprobiert, wenn es dem Menschen vergönnt wäre, ein paar tausend Jahre zu leben.

Natürlich hört das Träumen nie ganz auf, das wusste auch Martine, doch dadurch, dass sie ihre Phantasien jahrelang nur als Flucht aus einer unerträglichen Wirklichkeit kennengelernt hatte, kam ihr jetzt, vielleicht unter dem Einfluss der Frauenzeitzeitschriften und Psycho-Ratgeber, ihr neues Glück fragwürdig vor.

Denn warum sollte sie von anderen Leben träumen, wenn ihr das, was sie jetzt hatte, gefiel?

Sie liebte Wannes doch! Oder nicht?

Liebte sie Wannes – oder das Glück, endlich ihrer Ehe entronnen zu sein, den Mut zur Flucht gehabt zu haben, was Wannes dann eher zu einem Mittel zum Zweck degradierte?

Ach, all das Gegrübel … Es machte nichts, man musste nur wissen, wann es genug war. Sonst grübelte man sich all das Schöne noch völlig kaputt. Natürlich liebte sie Wannes! Und ihren Sohn, der gerade neben einem Mädchen saß, ihm zuhörte und strahlte. Sie freute sich, den Jungen so aufblühen zu sehen.

Lang und hart war ihr Weg bis hierher gewesen. Doch sie hatte es geschafft. Sie war da.

Sie ließ den Blick wieder nach draußen schweifen, auf eine Wiese, wo gerade eine Kuh mit dem Schwanz die Fliegen von ihrem rosigen Hintern verjagte. Und Martine fragte sich, wie es wohl wäre, an Stelle der Kuh dort zu stehen.

Kaum zehn Minuten und zweihundert Kuckucksrufe waren sie im Uhrenmuseum, als Wannes plötzlich ohnmächtig wurde und mit der Farbe einer Schauhausleiche zu Boden stürzte. Er hatte gespürt, wie der Anfall herankam, den kalten Schweiß, die plötzliche Atemnot, den Schwindel, die weichen Knie … und hatte gehofft, sich noch zwei Minuten auf den Beinen halten zu können. Die müssten genügen, um einen Stuhl zu finden. Hätte er ein Hemd angehabt, hätte er wenigstens einen Knopf lösen können, um mehr Luft zu bekommen, aber nein, er hatte sich ja unbedingt als Mann zeigen müssen, der mit der Zeit ging, sich tapfer neuen Sitten und Gewohnheiten stellte, und hatte am Morgen ein T-Shirt angezogen, in Farben, die der Designer zweifellos bei einem wilden LSD-Trip angerührt hatte. Der Hals dieses verfluchten Dings war außerdem viel zu eng. Er bevorzugte V-Ausschnitte, jetzt hatte er das Gefühl, erwürgt zu werden. »Best Montana« stand auf dem Shirt, er wusste nicht mal, was das bedeutete, wenn es überhaupt was bedeutete. Best Montana, vielleicht machte er sich damit rettungslos lächerlich bei den Polyglotten in ihrer Gruppe, die jetzt hier um ihn bei den Kuckucksuhren herumstanden.

Schwarze Flecken tanzten ihm vor den Augen, rotteten sich boshaft zusammen, schwollen an und wieder ab, und ehe er sichs versah, lag er in Saal drei auf dem Rücken, mit offenem Mund die Decke anstarrend, umringt von einer Schar besorgt blickender Reisegenossen. Demütigend hatte er das gefunden, so schwach zu sein vor aller Augen, wehrlos der Sensationslust zum Fraß vorgeworfen zu werden.

Die allgemeine Panik ließ nach, als Wannes sich aufrappelte und auf einen Stuhl setzte, den ihm ein Museumswärter gebracht hatte, zur leisen Enttäuschung vieler, für die – auch wenn sie das natürlich nie zugegeben hätten – ein Herzinfarkt eine willkommene Abwechslung gewesen wäre, in diesem insgesamt eher langweiligen Museum.

Kuckuck. Kuckuck.

Der Museumsdirektor war dazugekommen, und nur mit Riesenanstrengung konnte Wannes ihn davon abhalten, einen Notarzt zu rufen. Mit der berüchtigten deutschen Gründlichkeit musste man nämlich aufpassen: Eine kleine Ohnmacht, und hops! landete man für zwei Wochen zur Untersuchung in irgendeinem Universitätskrankenhaus. Eine Röntgenaufnahme hier, ein Abstrich da, und hinterher kriegte man eine *gründlich* gepfefferte Rechnung, von der die Reiseversicherung natürlich keinen noch so kleinen Teil übernahm, unter Verweis auf das Kleingedruckte im Vertrag. Nicht nur der Museumsdirektor, auch Martine fand, dass man kein Risiko eingehen dürfe. Doch Wannes versicherte ihnen, schwor beim Haupt seiner Mutter, dass alles in Ordnung sei, »nur ein kleine Ohnmacht«, die vielleicht, wie schon sein Durchfall, nicht wahr, mit dem französisch-amerikanischen »Hamburger von gisteren zu machen« hatte. Oder, ach ja, vielleicht auch das, die Luft in so einem geschlossenen Raum war ja immer ein bisschen drückend: Was man an Feuchtigkeit zum Schutz der Sammlung gewann, ging an Sauerstoff für den Besucher verloren. Nicht der Rede wert. Zehn Minuten Ruhe und ein Glas Wasser, und er sei wieder der Alte.

Was Wannes Martine jedoch nicht gesagt hatte und auch nicht sagen wollte, war, dass er in letzter Zeit öfter solche Anfälle hatte. Schon vor ein paar Wochen, an seiner Arbeit. Schwitzen, Beklemmungen, Herzrasen – das volle Programm. Zehn Minuten hatten sie die Fertigungsstraße anhalten müssen, bis er wieder zu sich gekommen war. Der Vorarbeiter hätte ihn am liebsten zum Arzt geschickt, gewerkschaftlich organisierte Kollegen rieten ihm, sofort nach Hause zu gehen, sich ins Bett zu legen und dort die Errungenschaften zu genießen, für die die sozialistische Vorhut seinerzeit blutig gekämpft hatte. Doch Wannes dachte gar nicht daran. Ihm fehlte nichts. Er rauchte nicht, trank kaum Alkohol, verbrannte eventuell schädliche Fette jeden Sonntagmorgen beim Radfahren und aß täglich sein Stück Obst. Was hätte ihm fehlen sollen, in seinem Alter? Er war doch kein Hypochonder! Eine kleine Konditionsschwäche, ganz schnell vorüber, mehr nicht, das konnte den Fittesten passieren.

Selbst eine Woche darauf, als er im Supermarkt wieder zusammensank und sich am Waschpulverregal festklammern musste, hatte er sich eingeredet, es sei nur eine Kleinigkeit und sonst nichts. Eine Laune des Zuckerspiegels … irgend so was. Nun aber begann er sich doch langsam Sorgen zu machen. Dreimal in relativ kurzer Zeit hatte er schwarze Flecken vor den Augen gesehen, das ließ sich nicht so leicht ignorieren.

»Das ist das erste Mal, dass mir so was passiert«, behauptete er mit einer insgesamt noch recht guten schauspielerischen Leistung. Denn das war jetzt das Wichtigste: Martine nicht beunruhigen.

»Das war bestimmt das McDonald's.«

»Schatz, mein Körper hat heute Nacht so viel von sich gegeben, dass jeder Darmspezialist sich wundern würde, überhaupt noch irgendwas von dem Hamburger zu entdecken.«

Das stimmte auch wieder.

»Ich denke, du hast einfach zu wenig Eisen. Blutwurst essen, Liebling, Blutwurst, das ist das Beste. Spinat enthält auch Eisen, aber längst nicht so viel wie Blutwurst.«

Migräne und Hyperventilation waren die Modeworte jener Tage. Ersteres vor allem für Frauen, die für ordinäre Kopfschmerzen sozial zu hoch auf der Leiter standen; Letzteres ein medizinisch veredelter Begriff für affektiertes Getue, eine eingebildete Krankheit für Leute, die dem Druck des Alltags von ihrem Charakter her nicht standhielten. Diese Gruppe verschmutzte den Wortschatz des einfachen Mannes zudem mit dem Wort »Stress«, was prompt ein noch größeres Modewort wurde. Um dazuzugehören, musste man Stress haben. Stress, Stress, Stress. Und um diesen Stress zu bekämpfen und doch noch dazuzugehören, musste man Yogaunterricht nehmen.

Wannes dachte an das alberne Gespräch, das ihm mit seinem Hausarzt bevorstand, während der ihm den kalten Stahl des Stethoskops an die Brust hielt. Gefasel des modernen Mannes mit psychosomatischen Wehwehchen.

Kuckuck. Kuckuck.

Ganz meschugge wurde man hier im Museum, wo die Uhren mit Absicht so eingestellt waren, dass in jedem Moment mindestens ein Schlagwerk die nächste Stunde in den Orkus bimmelte. Eigentlich gab es keinen unpassenderen Ort für eine körperliche und geistige Auszeit. Hätte der Besucher alle geschlagenen Stunden hier wirklich durchleben müssen, er käme als tatternder Greis wieder heraus. Ticketacke ticketacke, kuckuck, kuckuck, doing, doing, bim bam, bim bam. Es bimbambummte einem unaufhörlich ins Hirn. Und das nur, weil hier einst, der Überlieferung nach – der man natürlich nie glauben durfte – ein armer Tropf von Uhrmacher irgendwo im Wald einen armen Tropf von Kuckuck gefunden und den Vogel mit nach Hause genommen hatte, so dass sie, wie arme Tröpfe es tun, in herzlichem Einvernehmen fröhlich zusammenlebten, wobei der Kuckuck seine Tage in der Werkstatt verbrachte und zufrieden auf den unverkauft bleibenden Uhren des Handwerkers saß, was über ein paar kreative, nicht näher mehr zu ermittelnde Gedankenblitze des Handwerkers zuletzt zur Erfindung der Kuckucksuhr führte.

Bestimmt wurde auch in anderen Gegenden Europas die Wirtschaft mit einer gleichlautenden Fabel angekurbelt, wenngleich der Kuckuck dort aus urheberrechtlichen Gründen kurzerhand durch die Jungfrau Maria ersetzt worden war.

In der Museumscafeteria hatte Martine, ergeben und liebend wie immer, Wannes gleich was zu essen geholt. Um sich die Wahl zwischen Göttinger und Regensburger, zwischen Kasseler Leberwurst, Nürnberger Rostbratwürsten, niedersächsischer Grützwurst, Bockwurst oder westfälischen Knackern zu erleichtern, hatte sie einfachheitshalber die dunkelste genommen. Je dunkler, desto mehr Blut. Und je mehr Blut, desto mehr Eisen – das beste Mittel gegen Wannes' Mangelerscheinung, nach dieser Logik. Und so kam es, dass Wannes plötzlich voll Abscheu auf eine riesige Thüringer Rotwurst hinabblickte. Das Monstrum erinnerte ihn vage an einen in der Sonne getrockneten Hundehaufen, wie man ihn im Sommer im Stadtpark findet, wenn Hundebesitzer ohne eigenen Garten ihre Fiffi-Terrier und

Schnauzer dort Gassi führen. Es ist natürlich nicht auszuschließen, dass Wannes in gesünderem Zustand beim Anblick dieses halben Meters Fleischerprodukt möglicherweise ganz andere Assoziationen bekommen hätte.

Kuckuck. Kuckuck.

Er dankte Martine. Auch wenn er vorhatte, die Wurst gleich unauffällig verschwinden zu lassen: Martines Liebesbeweis rührte ihn tief. Aber, wenn es ihr nichts ausmache, und sie solle es nur nicht persönlich nehmen, er wolle jetzt gern einen Moment allein sein, ein bisschen zu sich kommen. Sie solle sich inzwischen in aller Gemütsruhe das Museum ansehen, die verschiedenen Arten der Kuckucksrufe im Laufe der deutschen Jahrhunderte studieren und ihm am Abend alles erzählen.

Nein, sie fühle sich nicht abgewiesen, nein, überhaupt nicht.

Kuckuck.

Möglich, dass so ein Uhrenmuseum derartige Gedanken hervorlockte, aber es war in der Tat alles ein bisschen schnell gegangen in letzter Zeit, und – eingebildet oder nicht, psychosomatisch hin oder her – Wannes hatte gute Gründe für eine gewisse Erschöpfung. Kaum ein halbes Jahr zuvor war er noch Junggeselle gewesen und wohnte bei seinen Eltern. Gut, bis zu einem gewissen Grad hatte er auch dort schon gelernt, sich mit seinem Los als Arbeiter abzufinden, ein Schicksal, das ihm schon damals als ziemlich definitiv erschien. Sein bevorzugter Lebensentwurf war es zwar nicht, doch er las Zeitung, und so war ihm klar, dass die Umstände nicht danach waren, über die *Art* eines Arbeitsplatzes zu klagen. Eine Stelle zu *haben*, darauf kam's an. Und so, jeden Morgen am Werkstor, schaltete er um. Er drückte die Stechuhr und war Arbeiter, und er wurde wieder ein Mensch, sobald er ausstempelte. So machten Millionen anderer das auf der ganzen

Welt auch und würden es – leider – auch in Zukunft tun müssen. Aber trotzdem, wenn im Leben auf einmal alles so ganz festgelegt ist, kann das durchaus auf die Pumpe gehen. Eben noch ein junger Spund, der sich am Wochenende mit den Kumpels um die Jukebox tummelt – für jedes Fünffrancstück einen Song von Afric Simone und noch einen von Joan Jett and the Blackhearts! –, und dann auf einmal, wie das Leben so spielt, im Kino wie im richtigen Leben, ist es passiert, man verliebt sich Hals über Kopf und hat eine Affäre mit einer Frau, die ein kleines bisschen älter ist als man selbst, verheiratet und Mutter eines Kinds. Die Angst vor dem Mann seiner Freundin, der den Ruf eines Berserkers und Knochenbrechers besaß, an dem die Glaser schon so manchen Franc verdient hatten und der sich eines Tages auch an ihm rächen konnte, verfolgte ihn auf Schritt und Tritt. Wochenlang war er Tag und Nacht auf der Hut gewesen, hatte an jeder Straßenbiegung ängstlich um die Ecke gesehen, und auch das hatte bestimmt Spuren in seinem Nervenkostüm hinterlassen. Heimlich hatten sie eine Wohnung gemietet, heimlich sie eingerichtet, einen ebenso heimlichen Umzug hatte es gegeben, den ganzen Scheidungszirkus, er hatte neue Verwandte bekommen, einen griesgrämigen Schwiegervater und eine gottesfürchtige, sich das Leben vergällende Schwiegermutter, dazu ein sich ständig bemerkbar machendes Kind, das ihn zur Weißglut brachte. Inzwischen war die Beziehung zu Martine schon zu weit gediehen, als dass Wannes noch in sein früheres Leben hätte zurückkehren können. Jedenfalls nicht, ohne den Rest seines Leben als stadtbekanntes Arschloch dazustehen. Und jetzt, jetzt sorgte der Druck, in ihre paar Urlaubstage auf Biegen oder Brechen so viel Spaß wie nur irgend möglich hineinstopfen zu müssen, schon wieder für neuen Stress. Jeder Arzt, der das hörte, hätte ihm sofort eine Yogamatte verschrieben.

Siebenundzwanzigeinhalb war Wannes in Furtwangen – und alt, das spürte er.

Gegen seinen eigenen Vorsatz nahm er einen herzhaften Bissen von der Blutwurst, als er Martine strahlend aus dem Museumsladen herauskommen sah, eine Kuckucksuhr unter dem Arm. Um ihm eine Freude zu machen, hatte sie ihren Geiz überwunden.

»Fürs Kinderzimmer!«, krähte sie. »Was meinst du?«

Schlecht isoliert konnte man Türen und Wände des Gasthofs Knusperhaus nicht gerade nennen, doch den Inhalt leidenschaftlicher Diskussionen mussten sie der Außenwelt trotzdem preisgeben.

Im Kopf noch immer leicht bedröhnt von einem zu langen feucht-fröhlichen Abend, schlurfte Busfahrer Rudy den Flur entlang Richtung Frühstücksraum, als er plötzlich vor Zimmer 24 akustischer Zeuge eines ausgewachsenen Streits wurde. Geschrei und Gekreisch, dann die gellende Stimme eines Kindes: »Du bist aber nicht mein Vater!«

Es war mal wieder so weit: Der dritte Tag war angebrochen!

Aus Erfahrung wusste der Busfahrer, dass für die meisten Kunden Tag drei oft der schwierigste war. Selbst Paare, die sonst das ganze Jahr über nicht stritten, kriegten sich an Tag drei eines Urlaubs unversehens in die Haare. Worte flogen hin und her, dabei auch häufig sehr falsche, die sich danach nur schwer wieder vergessen ließen. Die Frauen zerheulten sich das Make-up und brauchten eine Renovierungsaktion vor dem Spiegel, bevor sie es wagten, sich zum Abendessen für einen Teller saure Kutteln – eine schwäbische Spezialität – am Buffet anzustellen. Meist trank man dazu ein gepflegtes Glas Gutedel, rund auf der Zunge und freundlich zum Kopf am nächsten Morgen, und alles renkte sich wieder ein. Aber dennoch: Es hatte eine Stunde gegeben, in der man den Fotoapparat besser eingepackt ließ.

Manchmal fragte man sich bei van Boterdael, ob es vielleicht am Programm lag. An Tag drei der Schwarzwaldtour fuhr die Gruppe traditionell immer nach Freiburg, eine recht große Stadt mit entsprechendem Verkehr und Gestank. Nun waren die Kunden, die Reisen buchten wie diese, nicht unbedingt begeisterte Stadtmenschen. Trotzdem konnte man unmöglich den Schwarzwald besuchen, ohne in dessen Hauptstadt gewesen zu sein. Man stelle sich die Gespräche hinterher vor: »Oh, Sie sind im Schwarzwald gewesen. Toll! Und – wie hat Ihnen Freiburg gefallen? Bitte? Sie sind nicht in Freiburg gewesen? Na sagen Sie mal, Sie waren im Schwarzwald und sind nicht nach Freiburg gefahren? Was haben Sie denn dann überhaupt dort gesehen?« Man weiß, solche Klugschwätzer gibt es viele, und überall liegen sie auf der Lauer. Die Konfrontation mit so einem Kerl konnte van Boterdael seinen Kunden nicht antun. Außerdem war mit Freiburg an sich auch alles in Ordnung, und den sich in Superlativen überbietenden billigen Reiseführern zufolge hatte die Stadt den schönsten Kirchturm der Christenheit. Man musste ein ausgewachsener Kulturbarbar sein, wenn man für einen solchen Höhepunkt der Architektur nicht wenigstens einen von mehreren Nachmittagen voll blökender Schafe und rauschender Wälder freimachen wollte. Und so plante van Boterdael zuletzt jedes Jahr doch wieder einen Tag Freiburg ins Schwarzwaldprogramm ein.

Dass Einkaufsstraßen auch auf Reisen die Nerven manches Ehemanns auf eine harte Probe stellen, ist sattsam bekannt. Vor unzähligen Ladentüren sieht man sie stehen, lethargisch wartend, an die Wand gelehnt. Bis Madame wieder erscheint. Und weil das Prüfen des Angebots oft in Kaufen endet, kommt sie bewaffnet mit Schachteln und Taschen heraus sowie der Entschuldigung, dass die erstandenen Dinge in der Heimat nicht zu bekommen seien oder doch nicht zu einem solch sensationell günstigen Preis.

Städte: Überall Bettler, die dem Gewissen keinen Urlaub gönnen, Imbissbudenbesitzer, die einen dazu verführen wollen, gegen ein diätetisches Gebot zu verstoßen, tödlich gelangweilte Kinder, die quengeln, bis sie ein Eis kriegen, das in neun von zehn Fällen doch sofort auf dem Boden landet. Man brauchte, kurzum, schon ein elefantengleich dickes Fell, um bei all diesen Dingen die gute Laune nicht zu verlieren.

Ein ständig wiederkehrender Diskussionspunkt bei van Boterdael war, ob Freiburg dann lieber auf einen späteren Tag des Programms verlegt werden sollte. Auf den vor der Abreise zum Beispiel, wenn die ausgeruhten Reiseteilnehmer langsam Entzugserscheinungen bekamen und sich nach einer guten Lunge voll Abgasen sehnten.

Zufriedenheitstests, etwas, worin man van Boterdael mit Fug und Recht Pionier nennen konnte, zeigten auf jeden Fall, dass den Kunden Freiburg immer sehr gut gefiel. Die lieblichen, klinkergepflasterten Straßen und windschiefen Häuser hatten einen unauslöschlichen Eindruck auf sie gemacht. Alle Hektik, die mit einer Zweihunderttausendeinwohnerstadt einhergeht, schien vergessen, was zum Teil jedoch auch am Ausflug des letzten Tags liegen mochte, einer Gondelbahnfahrt zu einem nahegelegenen Berg, von dem aus man bis in die Vogesen blickte.

Nein, an der Stadt lag es nicht, wenn es plötzlich zu Eheknatsch kam. Es lag am Zeitpunkt, das war Rudy inzwischen klar. Selbst wenn man für den Tag eine romantische Bootstour auf dem Bodensee geplant hätte, so hätte das keinen der Kräche verhindert, da war er sich sicher. Streit gehörte zum Urlaub wie das Kaufen von Souvenirs. Familien, die im Laufe des Jahres keine Zeit gehabt hatten, sich richtig zu streiten, holten das im Urlaub endlich nach. Es gehörte dazu und hatte seinen höheren Sinn, als Reinigungsritual, als Teil der Beziehungshygiene.

Zweifellos auch eine Rolle spielte die Tatsache, dass man das Jahr über verlernt hatte, zusammen zu sein. Wer ständig durch die Tage und Seiten seines Terminkalenders hastet, so dass das Hirn zuletzt jeden Abend mit Glotze betäubt werden muss, kennt den anderen wirklich nicht mehr. Wenn man dann auf einmal im Urlaub vierundzwanzig Stunden am Stück aufeinander hockt und außerdem nicht mal Fernsehen hat, kann schon mal was hochkochen, was sonst das Jahr über einfach verdrängt wird.

In größerem Maß erlebte man das auch bei Rentnern. Ehepaare, die an der Arbeit vierzig Jahre lang voneinander hatten ausruhen können und plötzlich nonstop zusammen sein mussten, beantragten auf einmal die Scheidung. Statt vorbildliche Großeltern und Babysitter für die Enkel zu sein, begaben sie sich erneut in die Rolle des Singles. Begegnete ihnen dann auf ihrem langsam zu Ende gehenden Lebensweg noch einmal die Liebe, wurden sie pubertierende Rentner, die ihrer Familie mehr Schande machten, als wenn sie einfach Alzheimer bekommen hätten, wie sich das für sie gehörte. Rudy kannte all die Geschichten, und sie machten ihm Angst. Denn er, der kaum einmal fünf Nächte hintereinander im eigenen Bett geschlafen hatte, und das über viele Jahre hinweg – wie wäre es für ihn, seiner Frau plötzlich keine Sekunde mehr von der Seite zu weichen? Und sie, die sich das Warten auf ihn vielleicht mit sporadischen Liebhabern versüßt hatte, der Horrorgedanke schlechthin, der Fernfahrer überall auf der Welt in die Arme des Suffs und der Autobahnhuren trieb, wie würde sie seine ständige Anwesenheit wohl ertragen? Wussten sie überhaupt noch, wer der andere war?

Er durfte gar nicht dran denken.

Noch immer stand Rudy im Flur. Normalerweise war er die Diskretion selbst, doch jetzt siegte seine Neugier über die guten Manieren, und er trödelte vor dem Zimmer herum. Er bückte sich und band sich die Schuhe. So hatte er wenigstens eine Entschuldigung, wenn die Tür plötzlich aufging oder jemand anders ihn hier ertappte.

»Nein, ich bin nicht dein Vater!«, ging der Streit drinnen weiter. »Aber du kannst doch wenigstens so tun! Sonst seh ich nicht ein, warum ich so tun soll, als wärst du mein Sohn!«

Ganz klar, der dritte Tag hatte mal wieder begonnen! Gleich gab es unten Eier mit Speck.

Ein geschickter Anwalt hätte es vor Gericht so drehen können, dass kein Vorsatz vorlag, weil vor der begangenen Straftat keine Möglichkeit bestanden hatte, die Aktion zu bedenken. Ein reiner Impuls, das war auch juristisch das einzig richtige Wort, welches der Angelegenheit das Prädikat »kriminell« nahm. Denn ganz eindeutig war es so gewesen: Erst als Jimmy im Bus Richtung Freiburg vor sich unter dem Sitz eine Handtasche liegen sah, überfiel ihn dieser Gedanke, wie eine Zwangsidee, dass er die Handtasche stehlen müsse. Nun ja, nicht die Handtasche selbst, vielmehr das Portemonnaie, das sich höchstwahrscheinlich darin befand, oder genauer, das Geld, das vielleicht darin steckte.

Schließlich war Jimmy am Morgen nicht mit dem Gedanken erwacht: *Heut klau ich ein Portemonnaie!* Nicht mal in den Bus eingestiegen war er mit der Idee. Sein alles beherrschender Gedanke war: *Ich darf wieder neben Héloïse sitzen!*, und daneben hatte keine einzige andere Überlegung mehr Platz. Doch als er die Handtasche sah, die sprichwörtliche Wurst, die man dem Hund vorhält, nicht wahr, brachte dies das ebenfalls sprichwörtliche Fass zum Überlaufen, und Jimmy musste, ja, *musste*, hohes Gericht, mit exakt diesem Modalverb würde der Psychologe den Staatsanwalt niedermetzeln, Jimmy musste also die Handtasche stehlen. Möglichkeiten, über das Delikt nachzudenken, ergaben sich vielleicht später, solange es jetzt nur begangen wurde.

Neu war Jimmy dieses Gefühl nicht, und er wusste genau, wann – und vor allem wo – er es zum ersten Mal verspürt hatte. Im kleinen Supermarkt Jumpy, der tatsächlich so klein war, dass man ihn heutzutage als »Nachbarschaftsladen« bezeichnen würde. Wie dem auch sei, es war das erste Geschäft in der Gegend mit eigener Fleischerabteilung und einem Gerät, das den Kunden die Namen abnahm und ihnen stattdessen eine Wartenummer verpasste, und einer Kasse, wo man die Waren auf ein Band legen musste. Der erste Laden auch mit leiser Dudelmusik, zwischen der manchmal Reklame ertönte – ganz eindeutig ein Supermarkt also. Dort spürte er es zum ersten Mal.

Das Objekt, das damals den genannten »Impuls« auslöste, war eine Packung mit Wachsmalstiften. Dazu muss man wissen, dass Jimmy keinerlei Bedürfnis nach Wachsmalstiften verspürte, er fand es sogar eher unangenehm, die fettige Kreide zwischen den Fingern zu haben, und fand die Farben zu schrill. Doch die Schachtel, sie schien ihn zu rufen, nicht mehr und nicht weniger: »Stiehl mich – nimm mich mit!«

Die goldenen Zeiten für waschechte Kleptomanen mussten noch kommen: Vorläufig kannten die Läden keine Alarmanlagen, mit einem Diebstahl ließ sich also wenig Ehre einlegen. Und Kameras sorgten weniger für die Sicherheit der Händler oder Besitzer schicker Villen, sondern dienten noch zum Aufzeichnen von Quizsendungen, in denen das einundzwanzig Buchstaben zählende Wort »Gebärmutterentzündung« auf einem Schieberahmen gebildet werden musste. Auch Jimmy hatte daher zugeben müssen, dass das Stehlen der Stifte viel einfacher gewesen war als erhofft. Er hatte sich die Schachtel unter den Pulli gesteckt, wie alle Anfänger, und war einfach (nicht pfeifend, das war für Stümper) aus dem Laden entfleucht. Niemand schöpfte Verdacht, hielt ihn auf oder stellte ihm eine Frage. Sein

Herz, das ist wahr, klopfte etwas heftiger als sonst, die Schachtel hätte ihm ja zum Beispiel auf den Boden fallen können, doch insgesamt hatte er sich einen größeren Kick erhofft.

Einmal auf der Straße, hatte er seine Beute in den erstbesten Mülleimer geworfen. Er war erleichtert, dass niemand ihn erwischt hatte, doch gleichzeitig wusste er auch, dass er das ab jetzt öfter tun würde.

Sein zweiter Diebstahl war etwas Süßes. Einer der pinkfarbenen, platten, elastischen Würmer, mit denen die Zunge eine halbe Stunde lang Sport treiben konnte. Das Spannende dabei war, dass er die Süßigkeit in einem Laden geklaut hatte, wo Martine täglich einkaufte. Erwischt zu werden hätte somit ernste Folgen für sowohl sein gesellschaftliches Leben als auch das seiner Mutter gehabt. Mit dem Finger hätte man auf sie gezeigt, als die Mutter und damit Erzieherin eines Diebs. Mit anderen Worten, Jimmy trug Verantwortung und musste den perfekten Diebstahl begehen, um den Leumund der Mutter zu wahren. Stärker als diese prickelnde Spannung war zuletzt jedoch das schale Gefühl, etwas gestohlen zu haben, das er wirklich gern wollte. So wirkte es fast wie etwas Notwendiges. Stehlen war ja nur aufregend, solange die Ausführung wichtiger war als die Beute. Aber auch hier hatte es keinerlei Vorsatz gegeben. Bis fünf Sekunden vor der Tat war ihm gar nicht in den Sinn gekommen, etwas zu stehlen. Erst der Anblick der Süßigkeit setzte den Mechanismus in Gang.

Jimmys Gewissen war damals schon auf demselben Stand wie das der meisten Erwachsenen, in dem Sinne, dass er es als kein echtes Verbrechen empfand, vom Mittelstand zu stehlen. Außerdem musste er im Beichtstuhl der Schulkapelle jetzt nicht mehr seine Phantasie bemühen. Endlich hatte er was zu erzählen, ein

Diebstahl, ehrwürdiger Vater, eine Schachtel Wachsmalstifte und eine Süßigkeit aus chemischen Himbeeren. Eine lässliche Sünde, da war er sich sicher. Man konnte mit dem Herrn bestimmt einen Deal schließen. Drei Ave-Maria als Buße, und die Rechnung war wieder beglichen. Jeder in seinem Alter stahl mal was, oder nicht? Ein notwendiger Schritt in der Entwicklung. Ein kleiner zwar, doch tun musste man ihn. Wenn bestimmte Kinder nie etwas stahlen, dann hieß das normalerweise nur, dass sie zu faul dazu waren, und dann wurde später auch nichts anderes aus ihnen als lauter Nichtsnutze, abhängig vom Wohlwollen der sozialen Instanzen. So bahnte Jimmy sich unbeschwert weiter den Weg zum Erwachsenendasein, und hin und wieder half ihm dabei ein kleiner Diebstahl.

Sorgen begann er sich erst zu machen, als er – zerstreut, wie er oft war – eines Mittags in der Schule vergessen hatte, seine Frühstücksbüchse in den Speisesaal mitzunehmen, und ins Klassenzimmer zurückkehren musste. Die sonst von so lautem Gejohle widerhallenden Flure hatte er jetzt für sich, und er genoss es, als Einziger da zu stehen, wo man sonst nur als winziges Rädchen eines gigantischen Ganzen auftreten durfte. Fast angenehm schwindlig machte ihn diese Stille. Er spürte, wie sein Wahrnehmungsvermögen sich schärfte, sah Streifen Sonnenlicht durch die Glasfenster brechen, roch den Staub auf den hölzernen Garderoben, den vor ihm bestimmt schon zig Schülergenerationen gerochen und eingeatmet hatten. Die Melancholie war seine Bestimmung, das spürte er, und er fand es in Ordnung. Es war das schönste Gefühl seiner gesamten Kindheit: die Einsamkeit in dem großen, verlassenen Bau, der dunklen Gruft namens Schule. Daran würde er denken, wenn er beim nächsten Mal wegen Ungehorsams vom Lehrer auf den Flur geschickt wurde:

dass es herrlich war, ganz allein dort zu stehen. Etwas, worauf man sich freuen konnte.

Trotzdem bekam Jimmy an jenem Mittag Angst vor sich selbst, als ihm klar wurde, dass die Türen all der Klassenzimmer nicht abgeschlossen waren und er somit darin alles tun konnte, was er wollte. Auch stehlen. Füller, Locher, Zirkel, Winkelmesser, Venn-Diagramme, Filzstifte, Kaugummis mit Kokosaroma … er brauchte nur zuzugreifen. Und genau das tat er dann auch. Er raffte zusammen, voll Schuldgefühl. Die Reue kam diesmal schon vor dem Delikt, denn er bestahl seine Kameraden, Freunde sogar, dabei hatte er alles andere vor, als ihnen wehzutun. Doch er musste zugreifen, es war wie ein Zwang.

Jener Mittag war der Wendepunkt. Jimmy spürte genau, dass er sich vor sich selbst ekeln würde, gelänge es ihm nicht, diese schreckliche Sucht zu besiegen, und so nahm er sich, als er endlich alles in einer Mülltonne entsorgt hatte, ganz fest vor, nie mehr etwas zu stehlen. Ehrenwort. Um den Selbstrespekt zu bewahren. Und er hatte es geschafft. Leicht sogar.

Bis jetzt.

Eine Handtasche. Einfach da, vor seinen Füßen.

»Warum grinst du so?«, fragte Héloïse, die gerade eine Anekdote aus ihrem sorglosen Leben erzählte.

»Grinsen? Ich?«

»Deine Mundwinkel sehen aus, als hättest du sie hinter den Ohrläppchen aufgehängt.«

Daran musste er noch arbeiten: an seinem Pokerface.

»Ich hab mich grade gefragt … Wenn man einen Diebstahl begeht, mit der festen Absicht, erwischt zu werden, ist es dann eigentlich noch ein richtiger Diebstahl?«

Das hatte er sich tatsächlich gerade ausgemalt, ein Traumszenario: Er stiehlt die Handtasche, aber so unprofessionell, dass er erwischt wird und die Eigentümerin dieses so wichtigen Frauenutensils den ganzen Bus zusammenschreit. Alle starren ihn an. All diese anständigen Leute mit ihren anständigen Stellen und anständigen Häusern, die ihre Urlaube mit anderen anständigen Familien verbrachten, hätten auf einmal einen Dieb in ihrer Mitte. Oh, er konnte sich die Gesichter schon vorstellen. Er sah sie schon gucken: erst auf ihn, dann auf Wannes und seine Mutter, die vermeintlichen Eltern, die dieses Kind zu einem Verbrecher erzogen hatten. Und dann käme die Frage, warum er das mache, Handtaschen stehlen, die Frage, auf die er jedenfalls hoffte, als ideale Vorlage zu seiner Revanche.

»Ich würd meinem Vater gern eine Karte schreiben, aber der neue Mann meiner Mutter gibt mir kein Geld.«

Genau das würde er sagen, deutlich vernehmbar für alle, und er musste sich beherrschen, nicht jetzt schon damit herauszuplatzen.

Vielleicht sollte er »Mann« durch »Geliebten« ersetzen, das klang noch gemeiner. Jawohl: »Der Geliebte meiner Mutter gibt mir kein Geld!« Oder »Liebhaber«. Das saß noch besser. Das würde einschlagen. Übrigens stimmte es ja. Wannes war nicht ihr Mann, sie waren nicht verheiratet. Noch nicht.

Héloïse wiederholte seine Frage. Daran erkannte man häufig die Unwissenden: Wenn ihnen nichts einfiel, wiederholten sie einfach die Frage, statt eine Antwort zu geben.

»... Wenn du einen Diebstahl mit der Absicht begehst, erwischt zu werden, ist es dann noch ein Diebstahl, fragst du? Herrje ... Warum willst du das wissen?«

»Einfach so.«

»Einfach so?«

»Einfach so!«

»Komische Fragen stellst du ›einfach so‹ … Hast du das öfter?«

»Was?«

»Solche komischen Ideen.«

»Ja … eigentlich schon.«

»Ich glaube, du solltest mal Philosoph werden.«

Philosoph. Er schmeckte das Wort, wandte es im Kopf hin und her, und es gefiel ihm. Philosoph – wahrscheinlich ein Beruf, bei dem man sich keinen Wecker stellen musste.

Wenn schon der Verzehr eines Stücks Kuchen das allgemeine Wohlbefinden steigerte, und das war eigentlich nicht zu bestreiten, dann musste regelrecht euphorisch werden, wer ein Stück deutscher Torte verputzte. Kolossale Gebäude aus Schlagsahne und Biskuit, Kathedralen aus Eischnee, Zucker und Krokant, die allesamt zeigten, dass die Geschichte nicht verfälschte, wer die Architekturpläne Speers im Lichte der germanischen Konditoreikunst betrachtete. Beeindruckend, wie diese Torten trutzig und prunkend auf dem Teller lagen, in verschiedenen Schichten von je tausend Kalorien übereinander, treudeutsch und echt, kaum verdaulich, doch ach so verführerisch.

Solch ein Stück Torte hatte Martine sich verdient, fand sie selbst, nur schlechte Menschen versagen sich jede Freude, und ein Zittern ging durch ihren Leib, als der erste von vielen Löffeln Buttercreme ihren Gaumen berührte. Das einzig nicht ganz Vollkommene an diesem Moment war, dass er sich nicht hatte vorausahnen lassen. Wie viel erträglicher wäre ihr früheres Leben gewesen, wenn sie gewusst hätte, dass dieses Glück ihrer harrte? Es hätte sie bestimmt getröstet zu wissen, dass sie es noch mal erleben würde, mehr Frau als Lumpen zu sein, als solche geliebt zu werden und in aller Gemütsruhe ein Stückchen, oder sagen wir lieber, ein Riesenstück Torte verknuspern zu können, in einem beschaulichen Dorf irgendwo, einer kleinen Zweigstelle des Himmels, im Urlaub. Die Schläge, die sie von ihrem

Säufer von Mann hatte einstecken müssen, wären darum nicht weniger schmerzhaft gewesen, die Beulen auf ihrem Kopf nicht weniger dick, doch eine Quelle der Zuversicht hätte zu sprudeln begonnen, und das Verstreichen der Zeit wäre vom Elend zur Freude geworden.

Sie schaufelte den nächsten hinunterzuschlingenden göttlichen Bissen auf ihre Gabel (»Kauen«, hatte ihr Arzt schon öfter gesagt, »besser kauen, Mevrouw Withofs, und Magen und Darm halten dreimal so lang«) und dachte mit glänzenden Augen an das, was Wannes am Morgen zu ihr gesagt hatte: Er wolle den Führerschein machen!

Damit wäre ihr Mann nicht nur freundlich und pflichtbewusst, nein, einen Führerschein hätte er auch noch!

»Ohne Auto kommt man heut nicht mehr aus«, hatte er entschieden gesagt. »Wer eine Familie hat und für sie sorgen will, muss einen Führerschein haben – Punktum!« Und der Wind blies eine Spur Paco Rabanne von Wannes' Wange zu ihr.

Als Arbeiter bei Volkswagen konnte er mit einem Rabatt auf ein nagelneues Auto rechnen, das war schon nicht schlecht. Ansonsten gab es auch noch den Gebrauchtwagenmarkt, wo eine einfache Kiste zu kriegen sein müsste. Und wahrscheinlich würde er sich als Autofahrer auch mehr mit seinem Beruf identifizieren, wenn er das Produkt, das er täglich zusammenschraubte, endlich auch selber benutzte.

Ein Auto! Ein eigenes Auto! Nie mehr auf den Bus warten, der zuletzt doch nur wieder ausfiel, nie mehr Kartoffelsäcke auf dem Rad transportieren, wo sie aufplatzten oder rissen, nie mehr mit Kettenöl an den Händen zu einem Bewerbungsgespräch kommen. Und sonntags wie jeder anständige Bürger mit Gartenschlauch und Staubsauger auf der Straße stehen dürfen, tote Insekten von der Windschutzscheibe kratzen, mit schäumenden Schwämmen den Glanz auf die Felgen zurückzaubern.

Ein Abglanz des Glücks – und das war noch vorsichtig ausgedrückt, aus Aberglauben.

Sie hatte einen Seufzer loslassen wollen, einen großen, oder frei ihre Freude hinaussingen, wie man das im Musical macht, inklusive Tanzsprüngen und gymnastischer Übungen an Laternenpfählen. War ihr eigentlich klar, wo sie war? Machte sie sich den Augenblick richtig bewusst? Sie musste sich befehlen: »Kneif dich in den Arm, schau dich um, auf die herrliche Landschaft, die zwitschernden Vögel und auf die Bäume, wo das ganze Gezwitscher veranstaltet wird. Denn das ist alles echt!« Und so schaute sie denn auf zum Himmel, wie gemalt mit Buntstift Nr. 161 aus dem Sortiment von Caran d'Ache, und sie erkannte, dass der liebe Gott sie geprüft hatte, doch dass nun endlich die Zeit der Gnade da war. Sie spürte die Sonne auf ihren Armen angenehm brennen, noch ohne jeden Gedanken an Hautkrebs – denn daran dachte damals noch niemand, wenn er sich einen Sonnenbrand holte –, leckte sich die Mundwinkel und nippte an ihrem Kaffee.

»Mama?«

»Ja, Schatz?«

»Bleiben wir noch lange hier sitzen? Ich find's so langweilig!«

Löffelstellung, so nannten Paarberaterinnen die Haltung, in der Wannes und Martine nun lagen, und mühelos füllten sie ganze Seiten von Frauenzeitschriften mit den psychologischen Hintergründen dieser Art der Umarmung. Forschungen hatten erwiesen, dass Paare sich vor allem in den ersten drei bis fünf Jahren ihrer Beziehung in dieser Stellung auf die nächtliche Reise begaben. Morgens erwachten sie natürlich wieder getrennt voneinander, jeder in seiner eigenen Hälfte des Betts, einer mit etwas mehr Decke als der andere vielleicht. Doch den eigentlichen Sprung in die trügerischen Tiefen des Schlafs unternahmen sie noch gemeinsam. Diese Haltung war, immer noch laut Meinung einer solchen Ratgeberin, die spaßeshalber manchmal auch die Horoskoprubrik übernahm, ein Zeichen großer Zärtlichkeit zwischen den Partnern – daneben jedoch, neben dem Liebesbeweis, auch ein Abbild der Machtverhältnisse in der Beziehung … »Machtverhältnisse«, das wöchentlich wiederkehrende Wort in der bewussten Rubrik. Wer beim Frisör die Magazine aus der spannenden Sparte der Klatschbaserei durchblätterte, musste den Eindruck gewinnen, dass die Sexualwissenschaft mehr kriegstechnische Begriffe benutzte als beispielsweise ein Feldwebel, der – wie jeder einmal zur Armee Eingezogene wusste – über mehr Worte fürs Vögeln verfügte als jeder Bumstherapeut … Wie auch immer … Die dominante Rolle des Mannes zeigte sich auch an dieser, auf den ersten Blick ganz unschuldigen Geste, da es ja meist die Frau war, die in den Armen des Mannes lag.

Daraus, blablabla, ging ganz deutlich hervor, dass der Mann sich als allmächtiger Beschützer aufwarf. Im seltenen Fall, wenn der Mann in den Armen der Frau blablabla, war er es, der der Frau *erlaubte*, in die Rolle der Fürsorglichen zu schlüpfen, blablabla, weil er gerade ein kleines Tief hatte und etwas Trost brauchte …

Es gab eine Erklärung für alles.

Martine lag von Wannes umschlungen und spürte dessen beinharte Latte. Viel Mühe, das zu verbergen, gab er sich nicht, was allerdings auch recht schwierig gewesen wäre.

Seine Hand war unter Martines Nachthemd geschlüpft, »nur so zum Schmusen«, hatte er noch gesagt, doch Martine wusste, dass er jetzt keine Geduld dazu hatte. Und tatsächlich, lang dauerte es nicht, und die Hand wanderte weiter nach unten, in ihren Slip, schnurstracks zum Ziel.

Sie rührte sich nicht, ihre Beine öffneten sich keinen Millimeter, auch nicht, als er schon fast zwei Minuten an ihr herumfummelte. Er hätte genauso gut mit einer Schaufensterpuppe im Bett liegen können. Schon weniger genügte, einen Mann zu demoralisieren, ihn den Glauben an seine erotischen Fähigkeiten verlieren zu lassen. Sie merkte, wie er immer schneller neue Tricks und Techniken probierte, immer rasanter den Rhythmus änderte: typische Verzweiflungshandlungen eines Mannes, der jetzt schnellstens Erfolg brauchte, um nicht mit einer Delle im Selbstbild dazustehen. Um ihm keine falsche Hoffnung zu machen – oder sein Leid nicht in die Länge zu ziehen, das wäre auch möglich –, nahm Martine seine Hand und legte sie zurück auf die Decke. Klare Verhältnisse. Sie wusste, dass er sich dadurch zurückgewiesen fühlen würde, doch das hätte er sich ersparen können. Hätte er eben rechtzeitig gemerkt, dass sie nicht in der Stimmung war.

»Aber er schläft doch!«, bettelte Wannes, wimmernd vor Geilheit.

Und in der Tat, Jimmy schlief. Außer, er spielte wieder einmal hervorragend.

Martine war das egal. Selbst wenn ein Arzt Jimmy eine Vollnarkose verpasst hätte, sie würde nirgends mehr Sex haben, wo er direkt daneben lag. Und zwar genau darum, weil sie das in der Vergangenheit zu oft hatte tun müssen. Wannes konnte sich zehnmal ärgern, wegen des Kinds im Schlafzimmer nicht mit ihr schlafen zu können, und ärgerlich war es natürlich, aber er durfte nicht vergessen, was für Erinnerungen das bei ihr weckte, die sie zehn Jahre mit Jimmy im selben Zimmer geschlafen hatte. Weil nie genug Geld für eine Wohnung mit einem zweiten Schlafzimmer da gewesen war. Im Rahmen des Möglichen hatte sie noch versucht, das Kind vor ihrem Sexualleben zu schützen. Doch wenn sein Vater, der Wüstling, sich vorgenommen hatte, ihr sein Ding reinzuschieben, dann tat er das auch, und sie konnte nur hoffen, dass diese Szenen den Jungen nicht dauerhaft geschädigt hatten. Mit süßen Geschichten von Bienchen und Blümchen brauchte man ihm nicht mehr zu kommen. Er hatte den kompletten Body Mass Index seiner Mutter gesehen und alles, was ein Mann damit anstellen kann. Zu früh und zu oft gingen alle zarten Gefühle in diesem verfluchten Haushalt kaputt.

Später, als sein Vater sich im Bett einzumachen begann, ein Punkt, den viele Triebtrinker erreichen, hatte Martine alles versucht, den Anblick vor ihrem Sohn zu verstecken. Widerwillig im Grunde, denn oft hätte sie am liebsten zu Jimmy gesagt: »Da, schau ihn dir an, das ist dein Vater, jetzt pisst und scheißt er im Schlaf, weil er Abend für Abend mit seinen Freunden Karten und Billard spielen muss.« Wie sie in der letzten Phase der Ehe auch am liebsten gesagt hätte: »Da, das ist dein Vater, er kriegt keinen mehr hoch.« Denn wer sich kaputtsäuft, tut das meist Schritt für Schritt. Erst den Magen, dann die Schließmuskel, dann die Potenz und zuletzt die Bauchspeicheldrüse …

Mein Gott, die Nächte, in denen sie Kotze und Scheiße wegwischen musste, Lappen und Schwamm schwingend neben dem Bett, in der Hoffnung, dass das Kind tief genug schliefe, davon nichts zu merken. Selbst als Martine schließlich bei anderen Männern Befriedigung suchte, fünf an der Zahl, hatte sie es nicht völlig vor Jimmy geheim halten können, und nicht ganz ohne Grund fürchtete sie, dass er mit einem Menschenbild, das sich aus Huren und Säufern zusammensetzte, die Schwelle zum zehnten Lebensjahr überschritt.

Das Schicksal hatte sich dem Kleinen von seiner hässlichsten Seite gezeigt, und was in seiner Kindheit zerbrochen war, war wohl auch nicht mehr zu kitten. Und trotzdem hatte Martine ein für alle Mal genug davon, ihr Kind zum Anblick solcher Szenen zu zwingen.

»Aber er schläft doch!«, drängte Wannes erneut.

Den letzten Sex hatten sie vor dem Urlaub gehabt; für den nächsten müsste er warten, bis sie wieder zu Hause wären. Außer, er würde jetzt gleich von allein explodieren, dann wäre sein Problem natürlich auch gelöst. Kein Wunder, dass sich da mancher Urlauber nach der Arbeit zurücksehnte, dem täglichen Trott, den Geräuschen des Staubsaugers, dem Bus von vier vor sechs, dem Abwasch und den Penaten. Camper weltweit machten diese Erfahrung, Eltern, die mit ihren Sprösslingen frohgemut den engen Caravan bestiegen und dann wochenlang keine Chance mehr hatten, ungestört miteinander zu pimpern.

Doch auf solche Rücksichtnahme pfiff Wannes. Er wollte vögeln. Vogelare, oh-ho, cantare, oh-ho-ho-hoh. Es stand ihm zu. Und zwar sofort.

»Aber der Kleine schläft doch, Martine, ich hör ihn schnarchen bis hier!«

»Ja, er hat's gut. Ich versuch auch zu schlafen, aber es lässt mich ja keiner!«

Und er drehte sich um, schmollend und grollend, beleidigt. Ein Kind, und nicht mal seins, stand zwischen ihm und seiner Geliebten. Es gab friedlichere Gedanken, mit denen man einschlafen konnte.

Wer je als Kind am Titisee gewesen war und als Erwachsener dorthin zurückkehrte, begann ernsthaft an seinem Gedächtnis zu zweifeln. Was sich der Erinnerung all die Jahre gern als eine gigantische, von Bergen umringte Wasserfläche präsentiert hatte, stellte sich plötzlich als besseres Baggerloch heraus, wie man sie überall in Europa in Freizeitparks aushob, um der darbenden Konjunktur einer sterbenden Region einen letzten Elektroschock zu versetzen. Die seichte Lache war umgeben von Bowlingbahnen und Aalrestaurants, wo ortsansässige Jugendliche in Praxisprojekten die Chance erhielten, mit dem Verkauf von Waffeln oder Vermieten von Minigolfschlägern ihrem Leben einen höheren Sinn zu geben. Die Goldküste der BRD, wie man, auch in Deutschland selbst, spöttisch sagte. Und eine Goldgrube war es bestimmt, für Leute, die mit verborgenen Verführungen handelten oder Handel trieben schlechthin: die Schnellporträtisten, die Touristen den Trost verschafften, dass man sich immer noch hässlichere Versionen der eigenen Visage vorstellen konnte und dass die Wirklichkeit manchmal doch schöner war, als was ein Bleistift daraus machte; die Parkplatzwächter, die den fassungslosen Autobesitzern ein Vermögen abknöpften für ein paar Quadratmeter heiß begehrter Leere; für die Cafés und Stände, die die einzig echte und wahre Bratwurst oder Kirschtorte anpriesen, die Verkäufer plüschener Störche, die Kellnerinnen, die die Authentizität ihres Biers unterstrichen, indem sie es mit tiefem Dekolleté servierten …

Und mitten auf dem See schaukelte Jimmy, zusammen mit Héloïse in einem Tretboot, während die anderen sich am Ufer auf den zahlreichen Terrassen vergnügten. Jimmy, Teil einer Postkartenansicht des Paradieses. Ein Paradies zwar voll »Riegeler Bier«-Sonnenschirmen, doch Glück stört sich nicht an solchen Details. Er genoss das glitzernde Licht auf dem Wasser, das Gekreisch sich nass spritzender Kinder, das Deutsch, das er überall hörte und das ihm eigentlich sehr gut gefiel (»nichtsdestotrotz« war das schönste Wort auf der Welt, und es würde noch schöner werden, wenn er erst wüsste, was es bedeutete) – all das genoss er, und die Anwesenheit von Héloïse neben sich. Wäre er ein junger Hund gewesen, er hätte sich nass gepisst vor Freude.

»Denk daran«, hatte seine Mutter gemahnt, nicht ganz glücklich damit, dass sie ihren Sohn den Gefahren dieses Binnenozeans aussetzen sollte, »denk daran, dass du keine Dummheiten machst! Sei vorsichtig und vernünftig! Pass auf, dass das Tretboot nicht sinkt!« Als hätte er vor, sich ins Wasser zu stürzen! Hatte sie etwa vergessen, dass er Nichtschwimmer war? Vom Anleger aus machte Martine schnell noch ein Foto der beiden; Jimmys Lächeln darauf war zigmal schöner, als es der Hochzeitsfotograf fünfzehn Jahre später auf den Film bannen sollte. Und weg waren sie gewesen, strampelnd und kichernd – und strahlend, das auch. Vor allem er. Weil er endlich einmal unbefangen neben einem Mädchen saß, das wie ein Wasserfall von den großen Geheimnissen ihres Lebens erzählte. Nein, sie sei nicht im Ballett, und Pferdeposter zierten die Wände ihres Heiligtums auch nicht. Allerdings schlug sie ihre Bücher in Fotos von sonnenbebrillten Schönlingen ein (was Jimmy mit einem Stich ins Herz hörte).

Und er? Was hängte er sich so an die Wand?

Och, eigentlich nichts. Über die Tür seines Zimmers hatte die Mutter ein Kreuz gehängt, das jedes Jahr mit einem frischen, weihwasserbesprengten Palmzweig geschmückt wurde, um ihn vor Krankheit und bösen Gedanken zu schützen. Ansonsten nur nackte Tapete. Und statt sich jetzt etwas auszudenken – er hätte das ja sehr leicht gekonnt –, erzählte er ihr die Wahrheit, die nüchterne Wahrheit: Jesus und nackte Tapete. Sie musste herzlich darüber lachen und bekam dabei Grübchen in den Wangen.

Und Musik? Unbegreiflich, dass das Thema bisher noch nicht aufgekommen war! Was für Musik hörte er gern?

Auch darum hatte er Angst vor Mädchen – oder, in den Worten von Mutters Medizinlexikon: Gynephobie. Weil Mädchen wie besessen die Listen der Ultra Top 40 studierten. Alle Texte kannten sie auswendig – auch die ausländischen – und verstanden sie auch noch, sie jonglierten mit Namen von Bandmitgliedern, als hätte ein Mensch im Leben nichts anderes zu tun. Dann fragten sie dich nach deiner Lieblingsgruppe, und wenn du dummerweise ein aus der Mode gekommenes Idol nanntest, verschloss sich ihr Herz für immer.

Eigentlich verstand Jimmy nichts von Musik. Die einzigen Liedtexte, die er auswendig kannte, stammten aus der Elfuhrmesse sonntags, wo Omas und Nonnen sie inbrünstig sangen. Und von Kinderspielen wie »Der Plumpsack geht um«. Einen Kassettenrekorder hatte er nicht. Ganz zu schweigen von einem Ghettoblaster. Und auch keine Jeans, obwohl er so gern welche gehabt hätte. Seine Mutter fand Jeans vulgär. Und so konnte er seine Hosenbeine auch nicht mit kuligeschriebenen Namen von Rockmusikern schmücken, wie andere, in der Schule angesagtere Jungen es taten. Eine einzige Vinylplatte besaß er, eine Single. Dafür gehörte sie ihm aber ganz allein, bezahlt mit dem

Geld aus seinem geschlachteten Sparschwein: »Bravo Eddy!«, ein Lied des Volksbarden Janneman.

»Bravo Eddy?«

»Ja, ein Lied zu Ehren von Eddy Merckx. Hab ich auf dem Flohmarkt gekauft.«

Und wieder die Grübchen in ihren Wangen. Er dachte: *Jemand sollte die mit Wasser volllaufen lassen, dann könnt er am Rand Tretboote vermieten.*

»Kennst du Doe Maar?«, fragte sie, und er war froh, dass sie nicht näher auf die Dürftigkeit seines Plattenbestands einging. Obwohl sie dafür natürlich, er war schließlich nicht von gestern, sofort die Millionenfrage stellte, die Examensaufgabe, die sie zweifellos jedem Jungen vorlegte, der ihre Freundschaft erwerben wollte.

»Doe Maar? Schon mal gehört, ja«, sagte er, was das Gleiche bedeutete wie »nein, überhaupt nicht«, sich aber nicht ganz so hinterwäldlerisch anhörte.

Na, Doe Maar (»Du Marr«, wie sie den Namen fachkundig nordniederländisch aussprach) musste er dann aber wirklich mal kennenlernen. Fetziger Ska (»*fetziger Was*?«) aus den Niederlanden mit Texten, die was bewegen.

(Den Satz musste er sich für September merken, wenn die Schule wieder losging und die Kreide von den Tafeln staubte. Er würde seinen Freund Roel anstoßen und fragen: »Weißt du, was du mal hören musst? Doe Maar! Ja, Mann! Fetziger Ska mit Texten, die was bewegen.« Zweihundert Franc, wenn die Kinnlade von Roel nicht augenblicklich herunterklappte!)

Jetzt wusste Jimmy, was in Héloïses Zimmer an den Wänden hing: Poster von Doe Maar, die sie aus Teenagerzeitschriften herausgetrennt hatte, Milchbubis mit Frisuren, für die täglich ein ganzer Pott Gel draufging. Wenn es ihn interessiere, sie habe eine Kassette von ihnen dabei. Vielleicht könnte sie den Busfahrer bitten, sie unterwegs mal zu spielen. Dann könnte Jimmy die Musik gleich mal kennenlernen. Wirklich, das könnte was für ihn sein.

Sie nahm ihn ernst! Wenn er mit einem älteren Mädchen über ein so gewichtiges Thema wie Popmusik reden durfte, dann hieß das einfach: Er gehörte dazu! So war es: Er zählte!

Und zu seinem nächsten Geburtstag: ein Riesenpott Gel! Gelbes, von Shine & Style!

»Wollen wir mal aufhören zu treten?«, fragte Héloïse jetzt. Sie waren das einzige Fahrzeug im weiten Umkreis. Die fröhlichen Ferienrufe anderer erklangen, wie sie immer am schönsten sind: aus der Ferne.

»Aufhören zu treten und die Augen zumachen?«

Tolle Idee! Ziellos dahintreiben! Jeder in seinem eigenen Dunkel. Doch nebeneinander. Diesen Moment hätte er in eine Schneekugel einschließen mögen, für später, wenn wieder mal Koffer im Flur standen und man ein weiteres Scheitern eingestehen musste. Dann könnte er seine Schneekugel schütteln und die Flocken betrachten, die um diesen erstarrten Moment herumwirbelten, um den Glauben an das Schöne nicht zu verlieren.

»Du guckst ja!«, rief sie.

»Gar nicht wahr!«, erwiderte er, und seine Empörung war überzeugend gespielt.

»War doch nur Spaß! Wir müssen sowieso zurück. Es ist Zeit.«

Und so strampelte er (»Rennen für Rennen, Mann gegen Mann, wie ein hungriger Löwe kämpft er sich voran: ein Könner der Ebene, ein Meister des Bergs – nochmals Bravo, Eddy Merckx!«) – strampelte weg von dem Ort, der zur schönen Erinnerung hätte werden müssen.

Genau elf Uhr und sechs Minuten war es gewesen, als die Atombombe auf Nagasaki fiel, und abends siebzehn vor neun, als die Mondlandefähre Eagle an ihrem Ziel im Meer der Stille aufsetzte; zweiundzwanzig Uhr fünfzig, als Mark David Chapman seinem Idol John Lennon die erste von vier Kugeln durch den Leib schoss. Und genau sechzehn Uhr zwölf war es, auf ihrer Armbanduhr konnte Jimmy es deutlich erkennen, als Héloïse den absolut idiotischen und dennoch historischen Satz aussprach: »Weißt du schon, ob es ein Brüderchen oder ein Schwesterchen wird?«

Er verstand sie nicht.

»Na ja, deine Mutter ist doch schwanger?!«

»Ach ja?«

Okay, Martine war nicht die Dünnste, aber deswegen gleich eine Schwangere aus ihr zu machen, ging Jimmy doch ein bisschen zu weit. Seine Mutter hätte es zweifellos als Beleidigung empfunden.

»Also, hör mal, Jimmy, du willst mir doch nicht erzählen, dass du davon noch gar nichts gemerkt hast! Es kommt ja nicht schon morgen, das hab ich auch nicht gesagt. Hochschwanger ist deine Mutter nicht, aber schwanger ist sie auf jeden Fall, volle Sahne! Das sieht man doch einfach, an allem!«

Volle Sahne! Den Ausdruck musste sie von ihrer Verehrung für ein holländisches Popidol zurückbehalten haben.

»Na«, meinte Marie-Louise, die lebenslustige Liebhaberin des Göttertranks Zwetschgenwasser, zu Wannes, »das kannst du aber nicht verstecken, dass du der Vater von Jimmy bist!«

Die Reisegesellschaft saß auf der Terrasse des Gasthofs Knusperhaus, geschniegelt und gestriegelt, aufgebrezelt zum Abendessen, und genoss gerade einen Aperitif, um Magen und Darm auf die nächste Fettbombe einzustimmen, als die Worte der Mitreisenden bei Wannes fast einen Herzkasper ausgelöst hätten.

Wenn ein Comiczeichner die Szene hätte festhalten wollen, so hätte er Wannes' Schädel mit dicken Schweißperlen versehen, mit weit aufgerissenen Pupillen und Augenbrauen in Form eines Accent circonflexe, vielleicht gar mit einem Frage- und einem Ausrufezeichen über dem Kopf. Denn dieses Gespräch wurde immer brenzliger. Er war alles andere als überzeugt von Marie-Louises harmlosen Absichten. Warum schnitt sie das Thema überhaupt an? Und hatte da nicht etwas Provozierendes in ihrer Stimme mitgeschwungen?

Okay, immer wieder traf man Leute, die Vererbungslehre als Hobby betrieben. Denen es Spaß machte herauszufinden, von welchem Elternteil die Nase des Kinds stammte, und welcher von beiden die krummen Zähne im Mund der Nachkommenschaft zu verantworten hatte. Ein Spiel, mit dem sich einige Spürnasen gern die Zeit vertrieben und das manchmal zu lustigen Szenen führte wie hier. Doch wer konnte Wannes garantieren, dass diese ansonsten sehr umgängliche Frau kein schmutziges Spiel mit ihm trieb? Gut möglich, dass sie schon lange gemerkt hatte, dass mit Familie Impens etwas nicht stimmte, und sie in ihrer bisher gut versteckten Eigenschaft als Intrigantin Wannes aus der Reserve locken wollte. Um sich die Zeit zu vertreiben. Schließlich musste auch Marie-Louise schon seit einigen Tagen ohne *Home Is Where My Children Cry* leben und konnte ein bisschen anderweitige Spannung sicher gut gebrauchen.

Wannes wurde heiß und kalt bei dem Gedanken, dass er vielleicht als lebender Fernsehersatz diente und die anderen sich schon die ganze Woche heimlich über ihn amüsierten, über ihn und darüber, wie dieser zusammengewürfelte Haushalt krampfhaft die Illusion von, ja, von was eigentlich?, von Respektabilität? aufrechtzuerhalten versuchte.

Denn das war ein Soapelement, wie die Meute es liebte. Man brauchte sich nur anzusehen, wie gierig und mit welchem Vergnügen die schmutzige Wäsche der Parlamentarier ans Licht gezerrt wurde. Dass beispielsweise diverse Senatoren der Christlichen Volkspartei Liebschaften hatten, war ein offenes Geheimnis, an ihrer Ehe jedoch hielten sie fest, wie leer und erloschen die auch sein mochte. Und alles nur dem schönen Schein zuliebe, um keinen Millimeter von der Parteilinie abzuweichen, die pathetisch und bar jeder statischen Kenntnis von der Familie als Grundpfeiler der Gesellschaft sprach. Lieber die jesuitische Heuchelei, im Dienste der christlichen Nächstenliebe natürlich, als die Schande der Ehescheidung.

Es musste für andere amüsant sein, Wannes mit einem dieser oft karikierten Senatoren zu vergleichen.

Er hatte noch einen anderen Grund, nervös zu werden, und das war der Galgenstrick Jimmy, der wieder einmal mit undurchschaubarem Gesicht mit am Tisch saß. Voll Wut auf die Welt, wie sich das in seinem Alter gehörte.

Wannes sah Martine an, Martine sah Wannes an, und beide wussten, was der andere dachte, dass nämlich der Bengel seinen Triumph witterte. Der Weg dorthin stand weit offen. Jetzt hatte er die Chance, aller Öffentlichkeit quietschvergnügt preiszugeben, dass Wannes überhaupt nicht sein Vater war.

Doch Jimmy schwieg. Und fünf Sekunden später schwieg er noch immer. So wie er sich vorgenommen hatte, Wannes gegenüber für alle Zeit zu schweigen. Wischnu der Zweite. Die einzige Kommunikation, die er sich gestattete, war sein typisches Lächeln, das all seine Lehrer als »arrogant« umschrieben.

»Von seiner Mutter kann ich so schnell nichts an ihm entdecken, aber dir ist er wie aus dem Gesicht geschnitten«, fuhr Marie-Louise fort.

Allmählich wurde es Zeit, dass Wannes irgendwas antwortete.

»Wenn er mehr nach seiner Mutter käme, wär das natürlich viel besser für ihn!«

Ein Scherz, der den ganzen Tisch zum Wiehern brachte. Gut, es war ein dankbares Publikum, und nach ein bis drei Zwetschgenwasser war so ein Lachen auch schnell etwas lauter als sonst. Aber trotzdem, er hatte sich schlagfertig gezeigt. Und außerdem seiner Frau vor aller Ohren ein Kompliment gemacht. Zweimal ins Schwarze. Oh, wie das Brathähnchen ihm nachher schmecken würde!

Wenn Jimmy irgendwem ähnlich sah, dann seinem wirklichen, biologischen Vater. Und nicht nur ein bisschen. Von Klonen sprach damals noch niemand, außer in gewissen Science-Fiction-Filmen, die die meisten zu weit hergeholt fanden. Doch schlichten Gemütern in Unterhaltung und Geist hätte man mit Leichtigkeit weismachen können, dass Jimmy aus der Vereinigung seines Vaters und eines Blatts Kohlepapier entstanden war. Und das nagte an Martine natürlich am meisten. Sie wagte es zwar nicht laut zu sagen, aber es war nicht zu leugnen: Ihr Kind glich ausgerechnet dem Menschen aufs Haar, dem sie am liebsten den Kopf abgeschlagen hätte. Darüber schrieben die Frauenzeitschriften nie, wie man das machte: ein Kind zu lieben, das dem durch und durch verhassten Vater so ähnlich sah. Am liebsten hätte Martine ihre Vergangenheit so gründlich vergessen, als hätte sie nie eine gehabt, nicht mal eine vergessene. Einfach gar keine! Doch kaum schaute sie ihren Sohn an, stand sie wieder in der alten Küche und steckte Vorwürfe und Faustschläge ein. Der Junge, natürlich konnte er nichts dafür, doch er war die Kopie eines Sauhunds, die Miniatur eines Monsters.

Worauf Marie-Louise mit ihrer Bemerkung auch immer gezielt hatte, eigentlich wäre es für Martine die ideale Gelegenheit gewesen, ganz locker die Wahrheit zu sagen. Irgendwas wie: »Witzig, dass du da Ähnlichkeiten entdeckst, Wannes ist nämlich überhaupt nicht der Vater!«

Man stelle sich vor … Marie-Louise hätte ziemlich dumm dagesessen, die Gruppe dafür einen Witz von Format genossen, einen Beitrag zur Stimmung, reihum Schenkelklopfen, Gewieher und Gelächter, und so wäre heiter und mit einem großen »Uff!« der Vorhang vor dem anstrengenden Stück gefallen, das diese Recyclingfamilie seit Anfang der Reise hier spielte. Doch Martine entschied sich für Starrsinn und sagte: »Unglaublich, wir können hinkommen, wo wir wollen, immer sagen alle, Jimmy sähe Wannes ähnlich. Von mir nie ein Wort. Nie! Als wäre ich gar nicht beteiligt gewesen!«

Das hatte Klasse! Das war Full House spielen mit einem Satz beschissener Karten. Und sie genoss es. Wie Wannes. Das hier war *ihr* heimliches Spiel.

»Oh«, entschuldigte sich Marie-Louise mit einer Volksweisheit, »ich wollte nur sagen: Schönes Kind, ähnelt's dem Vater!« Und weil sie irgendwie spürte, dass Martines verletztes Mutterherz jetzt natürlich vor Eifersucht kochen musste, fügte sie zum Trost schnell hinzu: »Aber er hängt doch mehr an der Mama, hab ich den Eindruck, nicht wahr? Mit dem Papa seh ich ihn jedenfalls nicht so oft reden …«

Jetzt wurde es spannend.

Die Rettung kam von Rudy. »Das ist normal für Jungen in seinem Alter. Als würden sie spüren, dass es die letzte Gelegenheit ist, noch mal ganz Kind zu sein und an Mutters Röcken zu hängen, und dass sie danach endgültig zum Mann werden müssen. Mach dir nichts draus, Wannes, meine Kinder haben sich in dem Alter auch nicht um mich gekümmert. Außer sie brauchten Geld natürlich, dann war's auf einmal wieder Papi hinten und Papi vorn.«

»Und in der Schule? Läuft da auch alles gut?«

Hunde und Kinder, zwei nützliche Mittel, um sozialen Kontakt zu fördern. Der menschliche Charakter mag im Laufe der Evolution mehr zur Eigenbrötlerei hin degeneriert sein, in Stadtparks sind es immer noch die Besitzer von Wauwau oder Kinderwagen, die spontan mit Gott und der Welt ins Gespräch kommen.

»In der Schule? Och ja, wir können nicht klagen. Seine Noten dies Jahr können sich sehen lassen. Mathematik hätte etwas besser sein können – aber natürlich auch schlechter.«

»Na denn – alle Achtung! Und weiß er schon, was er mal werden will?«

»Tja, das musst du ihn selbst fragen, uns erzählt er nie was davon.«

»Sag mal, Jimmy, was willst du mal werden? Weißt du das schon?«

»Philosoph!«

»Philosoph?«

»Ja, Philosoph.«

»Na ja, es kann natürlich nicht jeder Fußballer oder Pilot werden wollen, stimmt auch wieder …«

Und damit war das Thema elegant zum Abschluss gebracht. Worauf Esmeralda, eine brave Seele und schon zum vierten Mal mit Van-Boterdael-Reisen im Schwarzwald, Martine fragte, ob sie wohl so eine Astronautenpille gegen Durchfall entbehren könne, denn das Kalbsschnitzel von heute Mittag sei ihr doch nicht so hundertprozentig bekommen, und ihr Gedärm würde jetzt von einer dämonischen und Deutschland nicht wohlgesonnenen Macht malträtiert. Worauf Linda, die Frau des immer T-Shirts mit Biersprüchen tragenden Mannes, der Runde erzählte, dass sie schon seit Jahren jeden Sommer nach Deutschland komme und nie ein Problem gehabt habe, dass heut nun aber doch Geld aus ihrer Handtasche verschwunden sei, und zwar, wie sie vermute, in Freiburg, wo sie ein paar Farbige habe herumlungern sehen, dass sie insgesamt aber noch froh sei, dass ihr Pass und die Versicherungspapiere nicht weg seien, denn es sei ja immer so ein Gedöns, die neu zu beantragen. Worauf Pascal, der immer T-Shirts mit Biersprüchen tragende Mann höchstpersönlich, eine Handvoll deftiger Gastarbeiterwitze auftischte. Gefolgt von der Bestellung einiger Mass Bier.

Der Busfahrer hatte nichts dagegen gehabt, Héloïses Musikkassette zu spielen. Mehr noch, er war heilfroh über ihre übrigens mit ausnehmender Höflichkeit vorgetragene Bitte. Denn was die meisten überhaupt nicht bedachten, war, dass er vor dieser Fahrt schon mal nach Deutschland getourt war und sein Bus auch da voll beladen war mit Liebhabern teutonischer Küche und Liedkunst. Und dass er sich nach dieser Tour nur für ein paar Tage bei seiner ihm immer mehr entfremdeten Familie erholen konnte, um abermals mit einer Truppe Schlagerliebhaber auf Reisen zu gehen. Und dann noch mal dasselbe, erneut in den Schwarzwald, wieder mit begeisterten Jodlern und Bierfestfanatikern. Man dachte nicht daran, dass jemand mit seinem Beruf sich schon freute, wenn er zur Abwechslung mal in den Vatikanstaat fahren durfte und die Nonnen ihm ihre Kassetten mit Ave-Marias zusteckten. (Worauf er sich natürlich schnell wieder nach den abgenudelten Schlagern von Freddy Breck zurücksehnte, ein Mensch war selten zufrieden, aber gut, ein bisschen Abwechslung konnte nichts schaden.)

Doch Jimmys Einweihung in das wundersame Universum von Doe Maar sollte nicht lange währen. Das erste Lied, das vermutlich die elterliche Autorität anprangern sollte, wurde von den älteren Mitreisenden als albernes, pubertäres Machwerk bezeichnet, ein Aufguss von etwas, das die vorige Generation viel besser gemacht hatte. Das zweite Lied, eine ätzende Kritik am Fernsehen, seinen dummen Sendungen und den sich brav verblöden lassenden Zuschauern, war vom selben Kaliber. Subversiver Unsinn von drogenverherrlichenden Rotznasen, die nie einen Krieg erlebt und es in ihren jungen, leeren Leben eigentlich immer viel zu gut gehabt hatten. Außerdem taugte es schon musikalisch gar nichts: Eine vorprogrammierte Hammondorgel, die in einer Tour oing-oing-oing-oing machte, und eine Stimme, die man zigfach verstärken und abmischen musste, damit sie überhaupt anzuhören war! Wenn das Musik sein sollte – Prost Mahlzeit! Ein drittes Lied brauchte denn auch nicht mehr gespielt zu werden. »Mit Du Ma sind wir per Sie«, rief der Scherzkeks der Truppe, wie um zu beweisen, dass man auch mit einem minder gelungenen Witz die Gefühle einer großen Gruppe ausdrücken kann. Der ganze Bus – bis auf wenige Ausnahmen – begann sich zu beschweren, wenn Rudy nicht augenblicklich eine deutsche Wiedergutmachungskassette in seinen Rekorder stecke, würde man die nächste Reise bei der Konkurrenz buchen.

Jimmy selbst ließ die ganze Aufregung ziemlich kalt. Zwar hatte er sich von Héloïse gern ihre Lieblingsband vorstellen lassen, doch seine Gedanken waren woanders. Bei seiner Mutter; der Frau, die fünf Reihen hinter ihm ihr sparsam aufgetragenes Parfüm verströmte und sich einen soeben erworbenen Riegel Schweizer Schokolade in den Mund schob, die Landschaft betrachtend, sich dem Wohlgefühl einer Hand auf ihrem Knie hingebend.

Seine Mutter …

Im Portemonnaie von Jimmys Vater steckte noch immer ein altes Foto von ihr. So wie Todesanzeigen oft jahrelang in einer Brieftasche aufbewahrt werden. Wirklich betrachten würde sein Vater das Foto nicht mehr, dafür kannte er jedes Detail zu genau. Doch jedes Mal, wenn er einen Krankenkassenaufkleber oder seinen Pass aus der Brieftasche holte, richtete ein Augenwinkel sich auf dieses Foto, und sein Unterbewusstsein badete wieder im Schmerz. Denn etwas Tröstliches ging von Untröstlichkeit aus, und das Glück, das er in seine Ehe nie hatte hineintragen können, kompensierte er jetzt weidlich mit der emotionalen Wärme des Selbstmitleids.

Auch Jimmy kannte dieses Foto genau, oft genug hatte er es wie gebannt studiert. Martine, mit noch schlanker Figur, am Strand von Bredene, die entspannt in einer lässigen S-Kurve dastand. Die Haare lang, die Schultern hängend, die Beine für jene Zeit und ihre soziale Schicht unsittlich nackt. Man brauchte kein Kunsthistoriker zu sein, um Parallelen zwischen diesem schlichten, zerknitterten Foto und der »Geburt der Venus« zu sehen, dem Bild, mit dem Sandro Botticelli sich in die Unsterblichkeit gemalt hatte. Doch anders als Venus schaute Martine verliebt in Richtung des Künstlers, hier eines Mannes, der zum ersten Mal im Leben einen Fotoapparat in Händen hielt und einen Knopf drückte, von dem er hoffte, dass es der richtige war. Ein Mann, von dem sie sich noch nicht vorstellen konnte, dass er sie schon bald regelmäßig grün und blau schlagen würde. Ein Mann, der sie einige Tage zuvor versehentlich geschwängert hatte, weil sein Interruptus beim Koitus in Ewigkeit Amen ein bisschen zu spät kam.

Die schöne Frau am Strand, denn schön war sie, eine Göttin unter Quallen, trug Jimmy schon in sich. Als winzigen Schleimfaden zwar nur, doch in ihr war er, und damit irgendwie auch auf dem Foto. Noch wusste es niemand, mit dem bloßen Auge war es nicht zu erkennen, doch was die Kamera an dem Tag am Strand festgehalten hatte, war das Porträt einer werdenden Mutter.

Wie vielleicht auch auf dieser Reise alle Fotos von Martine Abbildungen einer künftigen Mutter waren …

Immer noch konnte Jimmy sich kaum vorstellen, dass Héloïse recht haben sollte. Seine Mutter und schwanger? Héloïse war natürlich ein Mädchen und hatte wohl schon allein darum Sinn für Details, die ihm entgingen. Geschwollene Füße? Dunkle Ringe um die Augen? Wasser in den Ellbogen? Vielleicht war Jimmy wirklich der Einzige, der von der bevorstehenden Geburt eines Bruders oder einer Schwester nichts wusste. Der Geburt eines Vollbluts, eines reinen und edlen Sprosses aus der Beziehung zwischen Wannes und seiner Mutter, das lebende, in Windeln kackende Symbol der Hoffnung und der Erneuerung, ein bewusst und mit Liebe an einem faulen Sonntagmorgen gezeugtes Kind, das Gegenteil eines Versehens oder Unglücks und somit ein Glück. Das Kind, das geschiedene Frauen oft schnell zur Welt bringen, um dem Ex klarzumachen, dass es wirklich vorbei ist und dass es keine Rückkehr geben wird. Worauf Wannes noch mehr auf Jimmy herabblicken würde, diesen Bastard, den letzten Ballast einer fremden Vergangenheit, das Kuckuckskind.

»*Mama!*«

»Was ist denn jetzt schon wieder?«

»*Ich rufe dich an.*«

»Bitte?«

»*Ich rufe dich an.*«

»Alles in Ordnung mit dir, Junge?«

»*Oh, Mama, ich bin allein, so ganz allein.*«

»Hörst du das, Wannes? Wie kommt er auf einmal auf so was? Ich glaube, ihm bekommen die Pfannkuchenstreifen in der Suppe nicht.«

»Ein Wichtigtuer und Kasper ist er!«

»*Ich will nicht einsam sein …*«

»Och, Jimmy, jetzt halt doch mal bitte den Schnabel, oder ich schnapp hier noch über.«

»*… und wünsche mir, dass es so wie früher wär.*«

»Ein total alberner, dämlicher Kasper! Gestört von oben bis unten. Und nichts als Schlechtigkeiten im Kopf. Und dann wagen die Leute gestern vorm Essen auch noch zu sagen, er sähe mir ähnlich. Hätt ich in dem Moment einen Spaten gehabt, ich hätt mir ’ne Grube gegraben, um mich vor Scham zu verstecken!«

Natürlich erkannte wieder mal keiner, was er hier zitierte.

Die Koffer lagen aufgeklappt auf dem Bett, im Zimmer hing schon die Wehmut, die dem vorletzten Urlaubstag immer anhaftet, eine kleine Übung im Sterben, und Martine faltete die Hemden, die in diesem Urlaub nicht mehr gebraucht würden, und packte sie ein. Gut möglich, dass dies hier das Bild werden würde, das Jimmy später einmal von seiner Mutter definitiv im Gedächtnis behielt: das einer Hemden zusammenlegenden Frau.

Für morgen stand noch eine Fahrt zum Höchenschwander Berg auf dem Programm, abends würde man auf der Terrasse des Gasthofs den letzten Sonnenuntergang auf deutschem Boden genießen, ein Glas Gewürztraminer erheben und gemütlich über den rasenden Lauf der Dinge philosophieren. Vielleicht käme dann noch die obligatorische Witzerzählrunde, ein mehr oder weniger gequältes, gemeinsames Lied um Akkordeon und Bauch des Hotelbesitzers herum sowie das rituelle letzte Anstoßen. Doch dann würde das Kalenderblatt unwiderruflich heruntergerissen, und es blieb nur noch die Rückfahrt zu einem brechend vollen heimischen Briefkasten mit hoffentlich mehr Rabattgutscheinen zum Ausschneiden als ausstehenden Rechnungen. Jetzt schon wusste Martine, dass sie gleich bei der Heimkehr die Fenster aufreißen würde, um zu lüften, und eine Waschmaschine befüllen. Und dann gab's Kartoffeln zu schälen und Gemüse zu waschen, denn ewig konnte nicht Sonntag sein; die Zeit der Faulenzerei war vorbei, was übrigens auch besser fürs Portemonnaie war. Doch sie hatte den Trost ihrer vertrauten Serien im Fernsehen, ihrer Helden und Antihelden, von Armand Pien, der ihr jeden Abend pünktlich um halb acht das Wetter für den kommenden Tag präsentierte, bis zu der dürren, aber schönen Lucélia Santos in ihrer Glanzrolle als Isaura, Martines fester Verabredung mit dem Tal der Tränen am Donnerstagabend (zumindest, wenn kein Fußball den Äther verstopfte).

Wenn sie ehrlich war, musste sie zugeben, es hatte ihr gutgetan, für eine Weile dem Alltag zu entfliehen, doch jetzt sehnte sie sich wieder entsetzlich danach zurück. Wieder auf ihrer eigenen Matratze zu liegen! Sich in der eigenen Wanne zu strecken und nicht nach jedem Pups Angst davor haben zu müssen, dass zufällig eine Putzfrau hinter ihr steht! Sie freute sich jetzt schon darauf, die Fotos zu bewundern und in ein Album zu kleben, obwohl nicht einmal der erste von zwei Filmen voll war, aber gut. Sie dachte darüber nach, wie sie den Arbeitskolleginnen ihre Reiseerlebnisse schildern würde, und konnte es gar nicht erwarten, den ersten von drei Milliarden Kuckucksrufen durch die Wohnung schallen zu hören. Wenn das kein gelungenes Souvenir war: jede Viertelstunde, Kuckuck, an den Schwarzwald erinnert zu werden! Sie stellte sich vor, wie sie in dreißig Jahren, nach dem Schlagen, Kuckuck, der einen oder anderen Mittagsstunde, einmal ausrufen würde: »Hach, Wannes, weißt du noch, damals im Schwarzwald, unser erster Urlaub zusammen … was wir da gelacht haben!«

Wannes dagegen war äußerst übel gelaunt, weil das Ende des Urlaubs in Sicht kam, und Jimmy musste es büßen.

»… ein eingebildeter Fatzke bist du, anders kann ich's nicht sagen … Hast du gesehen, wie alle uns angestarrt haben, als du mit deinem ›Ich werd Philosoph‹ ankamst? Hast du die Gesichter gesehen? Der Herr Baron konnte natürlich wieder mal nicht auf dem Teppich bleiben. Ein einfacher Beruf war dem Herrn nicht gut genug, was? Verdammt noch mal, du kannst dir kaum richtig die Ohren waschen – aber Philosoph werden wollen! Phi-lo-soph! Du blamierst uns vor allen Leuten! Und das machst du absichtlich! Was sollen die anderen von uns denken? Dass du die eigenen Eltern verachtest?! Dass du mit einem einfachen Typ nichts zu tun haben willst, der in einer Autofabrik sein Geld verdient? Oder mit einer ungebildeten Mutter, die in einer anderen, genauso deprimierenden Fabrik Sättel für Motorräder steppt? Dass du unsere Lebensweise verachtest? Ist es das? Du brauchst gar nichts zu sagen! Tu ruhig wieder so, als wär ich nicht da, du kleiner Scheißphilosoph. Aber schreib dir eins hinter die ungewaschenen Ohren: Der Tag wird kommen, da tu ich, als gäb's dich gar nicht. Und dann wirst du 'n anderes Liedchen singen!«

»Ach, Liebling, übertreibst du jetzt nicht ein bisschen?«

Die Intervention der Mutterglucke.

»Übertreiben? Weht jetzt von daher der Wind? Machen Mutter und Sohn jetzt gegen mich auf Opposition? Zeigt ihr mir so eure Dankbarkeit?«

Natürlich war es nicht seine beste Woche gewesen. Erst dieser Durchfall, und dann war er nach Einnahme der Astronautenpillen von innen so versteinert, dass er gar nicht mehr auf die Toilette gehen konnte und somit auch nicht zum Lesen gekommen war, obwohl er sich das so fest vorgenommen hatte. Er konnte nicht begreifen, wie andere es schafften, fünf Bücher pro Jahr zu lesen, sich über die wichtigsten Neuheiten im Kino auf dem Laufenden zu halten, über jedes Fahrradrennen mitreden zu können, eine fundierte Meinung über den Kalten Krieg zu haben und dazwischen auch noch Kinder zu zeugen und zu erziehen, womöglich gar zu Wesen, die das Antlitz der Menschheit verschönern. Eine Woche, eine geschlagene Woche Urlaub hatte er gehabt und kaum anderthalb Seiten gelesen. Und was er gelesen hatte, hatte er schon fast wieder vergessen. Und jetzt musste er aufhören, sich aufzuregen, oder sein Blutdruck spielte wieder verrückt.

Sein Entschluss, spazieren zu gehen, um sein zerschossenes Nervenkostüm wieder ein bisschen zusammenzuflicken, war denn auch die beste Idee, die er seit Anfang der Reise gehabt hatte, für alle Beteiligten.

Kaum war die Tür hinter Wannes ins Schloss gefallen, wurde Jimmy bewusst: Zum ersten Mal seit langer Zeit, zu lange für sein Gefühl, war er – uff! – endlich wieder einmal mit seiner Mutter allein, nur er und sie, und augenblicklich kam eine vertraute Ruhe über ihn. Etwas Ungreifbares, das ihn zu einem besseren Menschen machte. Es war ein Gefühl, das Jimmy auch von zu Hause kannte, wenn Wannes sich mit Sack und Pack zur Spätschicht aufmachte und er seine Mutter für sich allein hatte. Das gemeinsame Abendbrot (und dabei den Teller nie ganz leer essen müssen). Zusammen gemütlich unter derselben Decke vor dem Fernseher sitzen (Überlebende desselben Dreckskerls, emotional zusammengeschweißt durch Erfahrungen mit demselben Rohling) und eine halbe Stunde länger aufbleiben dürfen als sonst. Ach, viel lieber war seine Mutter dann, viel seltener gereizt.

Mit Wannes als Drittem fühlte er sich schnell als Hindernis, der Junge, der dem Glück der anderen im Weg stand. Und nie hatte einer der beiden versucht, ihn von etwas anderem zu überzeugen.

Ohne Wannes und mit Wannes, das waren zwei verschiedene

Mütter. Erstere gab es nicht mehr, und Letztere kümmerte sich nicht um ihn.

»Und – hat dir der Urlaub ein bisschen gefallen?«, fragte sie mit ihrer sanftesten Stimme.

Die Hemden waren gefaltet, jetzt kamen die Hosen.

»Unglaublich, nicht wahr, dass wir auf einmal so in Urlaub fahren können, ins Ausland auch noch, wo wir früher nie Geld hatten, nicht mal für ein Törtchen, wenn's uns beim Bäcker aus dem Schaufenster angelacht hat.«

Sie wollte irgendwas. Wollte auf irgendetwas hinaus.

»Da siehst du, was für ein Glück wir mit Wannes gehabt haben, du genauso wie ich.«

Da war es schon!

»Ein hart arbeitender, pflichtbewusster Mann. Immer pünktlich zu Hause, immer zur Stelle. Nie ein Glas über den Durst, nie ein zu lautes Wort. Ich krieg ja leider langsam Arthrose, aber eigentlich kann ich gar nicht genug knien, um dem Herrgott zu danken, dass ich diesen Mann gefunden habe.«

Gab es die denn, Dankgebete dafür, dass man einen Mann findet?

Sie liebe ihn. Liebe ihn wirklich, aus tiefster, allertiefster Seele.

»Und meinst du nun nicht, dass du dir ein bisschen mehr Mühe geben könntest, Wannes auch etwas Dankbarkeit zu zeigen?«

Ach, die Leier also!

»Weißt du, Jimmy, Wannes leidet darunter, dass du so distanziert zu ihm bist. Ich frag mich übrigens auch schon, warum. Hat er dir etwas getan? Ich meine nicht!«

Inzwischen waren auch die Hosen zu Ende gefaltet und eingepackt. Unglaublich, wie sie das machte!

»Aber, na ja, jetzt mal was anderes, wir wollen den schönen Urlaub doch nicht mit Trübsinn beenden … Ich möcht dich was fragen.«

Ha, das konnte interessant werden. Was fragen …

»Was fragen, ja. Sag: Findest du Kenneth eigentlich einen schönen Namen?«

»Kenneth … Mal nachdenken … Soll das für ein Parfüm sein?«

»Du Quatschkopp!«

Wie fast alle Kinder fand auch Jimmy es herrlich, auf Bordsteinen und anderen Rändern zu balancieren. Ein Seiltänzer des Alltags, der in seiner sich allmählich verabschiedenden kindlichen Phantasie der Vorstellung folgte, auf die Straßensteine zu treten bedeute den Tod. Drei Leben hatte er, viel zu wenig natürlich, doch es musste ja spannend bleiben. Auf dem Schulweg versuchte er immer, so weit wie nur möglich zu hüpfen, ohne das Pflaster, das billige Symbol des Banalen, zu berühren. Dieses Spiel spielte er auch sonst fast überall, zum großen Ärger seiner Mutter, die diese alberne Zirkusnummer vor allem hinderlich fand. Auch auf der Tour zum Höchenschwander Berg sprang er von Stein zu Stein, eines direkten Nachfahren des Steinbocks würdig, und tat alles, die Berührung mit dem ordinären Wanderweg zu vermeiden. Er hörte seine Mutter lamentieren: »Wenn du dir jetzt den Fuß verstauchst, kriegst du von mir noch 'ne Backpfeife dazu!« Doch er schlug ihre Warnung in den Wind und arbeitete sich juchzend nach oben, wo er als Erster anzukommen hoffte.

Alles und jeden hatte er aus den Augen verloren – so sehr auf seine Sprünge und den zu verfolgenden Weg konzentriert, dass er an nichts anderes mehr dachte –, als er offenbar auf einmal, rutsch!, eine falsche Bewegung machte oder etwas unter seinen Füßen wegrollte, kann auch sein, es ging jedenfalls alles sehr schnell, und er nur noch mit den Händen am Fels hing.

Doch immerhin noch mit den Händen am Fels hing.

Es musste ein bilderbuchreifer Reflex gewesen sein, eine unbewusste Reaktion, die einem fast wieder den Glauben an Schutzengel zurückgeben konnte. Auf jeden Fall hatte er sich an den Felsen geklammert, ohne richtig sagen zu können, wie es gekommen war. Das Wichtigste jedoch, vorläufig, war, *dass* er sich festgeklammert hatte. Dass seine offenbar selbständig arbeitenden Hände sich in die Wand des Höchenschwander Bergs gekrallt hatten. Gerettet war er zwar damit noch nicht, aber es war ein Anfang. Oder besser: Es konnte einer werden.

Seine Füße strampelten noch in der Luft, er musste unbedingt einen Halt für sie finden.

Unter ihm lag ein Dorf, nicht das hässlichste, und er spürte, wie es ihn dorthin zog.

Uff, er hatte etwas für seine Füße gefunden. Viel war es nicht, ein Stein links und ein kleiner Felsvorsprung rechts, und er musste mit ungemütlich gespreizten Beinen dastehen, um sich darauf abzustützen. Doch es entlastete wenigstens seine Arme. Keine Haltung, in der er den Rest des Tages verbringen könnte, ganz und gar nicht, aber eine Stunde würde er so schon durchhalten. Und er konnte um Hilfe rufen, was er zu seiner Überraschung noch nicht getan hatte. Keinen Ton hatte er von sich gegeben. Wollte er gerettet werden, dann sollte er jetzt besser loslegen.

Er rief.

»Mama!«

Er rief noch ein zweites Mal.

Jetzt kam es darauf an, ruhig zu bleiben, nicht in Panik zu geraten. Er musste sich klarmachen, dass die anderen noch ein gutes Stück hinter ihm waren. Erwachsene, die sich trotz ihres vielbeschäftigten Lebens viel zu wenig bewegten. Die Rolltreppengeneration, die sich bei der jährlichen Bergtour masochistisch den Hang hinaufschleppte – der Preis, den man fast schon als Buße entrichtete, um die lahmen Stunden im Fernsehsessel zu sühnen. Bei dieser Exkursion war die Gruppe in Individuen auseinandergebrochen, jeder für sich und mit sich selbst kämpfend, mit seinen Fettröllchen, der Atmung, der schlechten Kondition ganz allgemein. Mit zunehmender Nähe zum Gipfel fühlten sie sich geläutert und legten unterdessen leicht zu brechende Gelübde ab, bis zum Urlaub im nächsten Jahr wirklich mehr für ihre Fitness zu tun. Mit Fug und Recht konnte man sagen: ein per Reisebüro buchbarer Moment der Selbsterforschung. Einmal oben und wieder mit den andern vereint, konnte man wieder ein gutes Glas heben, keine Wunden ohne Balsam, im Moment jedoch konzentrierte sich jeder nur auf sich selbst und seinen Rhythmus.

Eine Uhr hatte Jimmy nicht (sie war ihm zum zwölften Geburtstag versprochen worden, doch wie die Karten nun lagen, müsste ein Wunder geschehen, wollte er den noch erleben), und er hatte darum auch keine Ahnung, wie lange er schon hier stand. Selbst wenn er bedachte, dass aus brenzligen Minuten gefühlte Stunden zu werden pflegten, meinte er doch behaupten zu können, dass er mindestens zehn Minuten, sechshundert volle Sekunden, mit gespreizten Beinen so dastand, an die Bergwand gepresst. Und noch immer war da oben niemand zu hören.

Er rief nochmals, ohne wirklich an einen Erfolg zu glauben.

Als er nach dem x-ten unbeantworteten Ruf, immer panischer eine Fluchtroute suchend, nach oben blickte, sah er Wannes dort stehen.

Stand er schon lange so da?

Hilfsbereit sah er nicht aus. Er schaute zu ihm herunter, amüsiert, triumphierend und ohne ein Wort zu sagen.

Und Jimmy begriff, niemand konnte ihn mehr vom Gegenteil überzeugen: Nur einen Hauch war Wannes jetzt noch vom Ziel seiner Wünsche entfernt, Jimmy bräuchte nur noch zu fallen, und endlich hätte er freie Bahn, seine Traumfamilie zu gründen, mit eigenen Nachkommen, einer eigenen, geschichtslosen Frau und nichts und niemand sonst. Nichts konnte die Flecken aus der Vergangenheit leichter entfernen als ein tragischer Unfall von Jimmy. Ein paar Krokodilstränen zur Show, und Wannes konnte ein unbelastetes Liebesleben beginnen, von Grund auf neu, mit einer Frau, die von der Trauer nur noch etwas geschwächt war. Und falls Jimmy sich doch aus dieser bedrängten Situation befreien könnte, würde Wannes einfach die nächste Gelegenheit nutzen. Dass dieser Mann von dem Tag träumte, an dem er sich des Jungen entledigen konnte, war jetzt sonnenklar.

»Auf einmal bin ich dir gut genug, was?«, sagte Wannes ganz ruhig.

(*Wo blieben denn nur die anderen?*)

»Ich hab dich schon einmal aus der Scheiße gerettet, und viel Dankbarkeit habe ich dafür nicht bekommen. An deiner Stelle würde ich jetzt nicht so einfach davon ausgehen, dass ich dich noch mal aus der Scheiße hole. Ein Zimmermann stößt sich nicht zweimal am selben Balken. Außer er hat ein Brett vorm Kopf.«

Wenn es stimmt, dass jede Biographie ihr ganz eigenes persönliches Zentrum hat, einen existenziellen Meridian, an dem alle späteren Handlungen sich orientieren, eine Femtosekunde, in der alle Lebensmotive und -obsessionen sich bilden, in der ein Charakter seinen definitiven Firnis erhält, eine Art Quintessenz, ein Punkt, zu dem das Lot des Seelendoktors immer wieder sich senkt, dann war Jimmy jetzt genau dort. In dem Moment, da er die ausgestreckte, voll Hass und Widerwillen ausgestreckte Hand von Wannes ablehnte, heilige Eide schwor, die Finger ein letztes Mal in den Felsen krallte und sich endlich nach oben zog. Aus eigener Kraft. Hochfliegend der Zukunft entgegen.

II

Als es um halb zehn am Abend noch klingelt, kommt das recht überraschend. Und doch wieder nicht. Jimmy Vos aber ist jetzt nicht bereit für Besuch, wie sich schon aus seinem Aufzug erklärt: Er trägt seinen verschlissenen, aber bequemen Pyjama, Pantoffeln mit einem Loch auf Höhe des großen Zehs im Linken, und er ist unrasiert. Bis auf Besuche beim Arzt steht schon seit Jahren nichts mehr in seinem Terminkalender, die Strafe dessen, der all seine Freunde und Lebenspartner überlebt. Nein, er kann jetzt keinen Besuch empfangen, was nicht heißen soll, dass er nicht darauf vorbereitet wäre. Intuitiv weiß er, dass dieses Treffen schon sein Leben lang auf ihn wartet. Die einzige noch ausstehende Begegnung. Danach kann und darf er ruhig gehen.

Dass er bisher nie nennenswert krank war, nicht vom Blitz getroffen oder von einem Trunkenbold angefahren wurde, hat alles mit dem Ziel zu tun, das er sich als junger Mann gesetzt hat: den Menschen kennenzulernen, der jetzt vor der Tür steht, seinen zwölf Jahre jüngeren, inzwischen wohl auch schon greisen Halbbruder, wahrscheinlich Kenneth Impens mit Namen.

Es muss sein Halbbruder sein, Jimmy wüsste nicht, wer sonst am Ende des Tages, am Ende seines Lebens bei ihm vor der Tür stehen sollte.

Er sieht, wie die Angst seiner im Haus lebenden Pflegerin Marthe eine neue Falte ins Gesicht treibt, Marthe, der jede dermatologische Unebenheit Horror bereitet und die sich morgen noch mehr feuchtigkeitsspendenden Glibber ins Gesicht schmieren wird. Seit Jimmy sie eingestellt hat (den letzten Luxus, den er sich gönnt, um nicht in einem Pflegeheim seine Identität aufgeben zu müssen), hat sie um diese unheimliche Uhrzeit noch nie jemandem die Tür aufgemacht. Nun bedauert sie es, dass der Hund, den sie wegen seines Gestanks oft verfluchte, unter der Linde begraben liegt, zwischen den zahllosen Katzen und Hühnern, die jahrelang dieses Haus bevölkerten. Mit dem knurrenden Vierbeiner als Bodyguard würde sie sich ein ganzes Stück sicherer fühlen. Obwohl seine Zähne zuletzt völlig stumpf waren und alles andere dahinter von der Osteoporose derart zermürbt, dass nicht mehr die geringste Drohung von ihm ausging. Das ihnen vor Jahren zugelaufene Kaninchen, dem Jimmy freien Auslauf in allen Räumen gewährt, womöglich das letzte Haustier auf diesem Hof, nutzt ihr jedenfalls gar nichts. Denn eines weiß Marthe: Wer um diese Uhrzeit an der Tür eines 91-Jährigen klingelt, hat Übles im Sinn.

Echte Sorgen um ihren Arbeitgeber macht sie sich nicht. Die Welt vermisst keinen Greis, dem für den Inhalt einer mageren Haushaltskasse der Hals umgedreht wird. Ebenso wenig glaubt Marthe, dass sie ihn besonders verteidigen würde, schließlich hat sie eine gute Ausrede: Sie sei ja nur ein wehrloses Weib. Die eigene Haut ist ihr näher, und sie fürchtet, am Ende sein Los teilen zu müssen. Geknebelt zu werden, missbraucht und zuletzt einfachheitshalber auch noch ermordet, um vor Gericht den Platz im Zeugenstand leer zu lassen.

Fragend sieht sie Jimmy an, mit dramatischer Geste auf die Uhr zeigend.

»Ich soll doch bestimmt nicht mehr aufmachen, oder?«

Seit ein paar Monaten bestiehlt sie ihn, und er tut, als ob er nichts merkt. Die Beobachtung dieser durch und durch menschlichen Unart unterhält ihn enorm, und er lässt sie gewähren. Es ist die einzige Freude, die sein Besitz ihm noch bringt: bestohlen zu werden und das Verhalten der Diebin studieren zu können. Mit fast wissenschaftlichem Eifer erforscht er ihre Reaktionen und führt verschiedene Experimente an ihrem schlechten Charakter durch. So sagt er zum Beispiel: »Jetzt hätt ich doch schwören können, dass die silberne Zuckerzange hier in der Schublade lag!«, wohl wissend, dass das bewusste Utensil das Haus längst in ihrer Handtasche verlassen hat, um dem hinzuzufügen: »Tja, wenn die Demenz mich noch erwischen will – irgendwo muss sie ja anfangen!« Ein Hochgenuss, zu beobachten, wie ihre Miene sich während dieses einen Satzes mehrmals verändert!

»Aber natürlich machst du auf!«

»Es ist halb zehn am Abend!«

»Na und? Hat irgendwer eine Sperrstunde verhängt?«

»Aber Sie erwarten doch niemanden?«

»Was weißt denn du? Bloß weil ich so ein Tattergreis bin, muss ich dir doch nicht all meine Verabredungen beichten. Du bist meine Haushälterin, nicht meine Mutter!«

Seine Widersetzlichkeit macht ihm Freude. Als hätte er schon lange nur noch dem Tod entgegengesiecht und plötzlich einen aufrüttelnden Tritt in den Hintern bekommen.

Nicht dass er sich für seine abgetragenen Pantoffeln und seinen Pyjama schämt, o nein, er ist Dandy genug, es zu genießen, einen Gast in verschlissener Nachtkleidung zu empfangen. Doch weil er ansonsten nicht recht ausdrücken kann, wie viel ihm dieses Treffen bedeutet, ist eine Rasur und ein sauberes Hemd zumindest eine kleine Geste.

Ein zweites Mal geht die Klingel, und er hat den Eindruck, dass der Finger diesmal zwei Takte länger den Knopf gedrückt hält.

»Marthe, jetzt mach die Tür auf, und führ unseren späten Gast in die Bibliothek. Nimm ihm den Mantel ab, gib ihm was Gutes zu trinken, und sag ihm, dass ich mich kurz frisch mache, aber gleich komme.«

»Aber Sie wissen doch nicht einmal, wer …«

»Tu, was ich dir sage – und beeil dich! Es gehört sich nicht, jemanden so lange in der Kälte stehen zu lassen.«

Während Jimmy im Badezimmer, mit einem dicken Bart aus Rasierschaum, ein verhinderter Weihnachtsmann, eindringlich sein Spiegelbild mustert, schwankt sein Gemüt zwischen Triumph und Trauer.

Trauer, weil er nun spürt, dass sein Leben vorbei ist. Nach diesem Abend hat er kein Ziel mehr, und sein Körper, Stoffwechsel und Immunsystem werden das merken. Den Triumph spürt er, weil er ein uraltes Versprechen eingelöst hat.

Als er damals von seiner schwangeren Mutter und ihrem Kerl auf die Straße gesetzt wurde (»*Geh zu deinem versoffenen Vater, du kennst ja die Kneipen, wo er residiert. Oder frag im Waisenhaus, ob sie da ein Bett für dich frei haben, uns ist das ganz egal, und wenn du in der Gosse landest, hier bleibt die Tür für dich zu …*«), damals hatte er sich geschworen, keine Träne zu vergießen. Eine Frage der Selbstachtung. Und des Überlebens. Kein Mensch wollte seiner Geschichte glauben, niemand schien sich vorstellen zu können, dass ein Junge von kaum vierzig Kilo von seiner Mutter einfach so auf die Straße gesetzt worden war. Vor allem, weil sie in der Umgebung überall als liebende Mutter bekannt war, die ihren Sohn durch eine gewalttätige Ehe gelotst und sich manchmal das Essen vom Mund abgespart hatte, um ihm ein Paar Schuhe zu kaufen. Es musste schon mehr vorgefallen sein, darüber waren die Spießer sich einig. (*»Du verschweigst uns irgendwas, Bürschchen. Du musst was ganz Fürchterliches ausgefressen haben – um eine Mutter so weit zu kriegen, dass sie ihr Kind einem solchen Los überlässt, muss man schon ein Naturgesetz brechen oder was noch Schlimmeres!«*) Als Auswurf betrachtet, als verkommenes Aas, das das fünfte der Zehn Gebote gebrochen hatte, abgeschrieben von der bornierten Meute aufgrund von Klatsch und Tratsch. Allein gelassen mit der Wahrheit.

Der Kampf, den Jimmy damals aufnahm, das Ziel, das er sich setzte, war klar: so sehr von sich reden zu machen, dass seine Mutter seine Existenz nicht mehr ignorieren konnte. Sie, die – von ihrem Geliebten gezwungen oder auch nicht – ihn aus ihrem Leben verbannt hatte, sollte bis zuletzt auf ihn angesprochen werden, ihren Erstgeborenen und Totgeschwiegenen. Man konnte das als Rache an der Vergangenheit sehen, es interpretieren, wie man wollte, oder auch nicht, doch eines Tages würde sein Name ihr ins Gesicht springen. Und es würde wehtun.

Er hätte es sich leicht machen und eine Art Elvis werden können. Oder ein Pablo Picasso. Jemand, bei dem die Nennung des Vornamens genügte. Nie zuvor in der Geschichte war es so einfach gewesen, berühmt zu werden, und nie zuvor brauchte man dafür so wenig zu können. Doch Jimmy, gelenkt von einem Mangel an anderen Talenten und Interessen, hatte den Pfad der Philosophie eingeschlagen und dort mit einigen Theorien über Sub- und Superstrata in der Gesellschaft Furore gemacht. Theorien, die beeindruckender klangen, als sie in Wirklichkeit waren. Philosophiestudenten bekamen mit ihm in den letzten

Stunden ihrer Einführungsseminare zu tun, zumindest, wenn der Professor in dem Jahr nicht zu lang bei populären Denkern wie Wittgenstein, Schopenhauer, Vermeersch, Sloterdijk oder Sartre hängengeblieben war. In Quizsendungen, die seine Mutter wahrscheinlich guckte, wenn sie zwischen zwei romantischen Komödien angesetzt waren, wagte man manchmal die Intelligenz der Kandidaten zu prüfen, indem man nach dem Philosophen Jimmy Vos fragte, wenn auch vielleicht erst in der Bonusrunde am Schluss, bei der man es keinem Teilnehmer mehr übel nahm, wenn er die Antwort nicht wusste. Wie dem auch sei: All das waren Schritte in die richtige Richtung. So wie die gelegentlichen Einladungen zu Hintergrundsendungen zu bestimmten Themen, wo er um seine Meinung zu einem neuen gesellschaftlichen Phänomen oder ethischen Stolperstein in der viel zu schnell sich wandelnden Welt gebeten wurde.

All das müsste genügen, damit seine Mutter, Martine Withofs bzw. Impens, ab und zu auf der Straße oder beim Metzger gefragt wurde: »Der Mann, der da gestern Abend nach den Nachrichten im Fernsehen war, und jetzt schlagen Sie mich nicht, wenn ich mich irre, aber war das nicht …?«

Mit dem Eifer von Sowjetfunktionären mussten Wannes und Martine alles getan haben, ihn aus ihrem Leben zu löschen. So wie zuvor sein Vater aus Martines Leben gelöscht worden war. Fotoalben und Kästchen mit Souvenirs wurden von Jimmys Existenz gesäubert. Ein fast perfekter Mord, ohne Leiche. Doch wie Katzen an einer Hausecke die Existenz von Vorgängern riechen, musste auch Jimmys Halbbruder irgendwann einen mysteriösen Schatten aus der Vergangenheit wahrgenommen haben. Jemand war ihm in Mutters Armen zuvorgekommen, das ließ sich immer schwerer leugnen. Tropfenweise hatte der Junge Informationen bekommen, durch Bekannte oder Großeltern, die sich verplapperten, durch vergessene Spuren, die der Aufmerksamkeit dieses familiären Geschichtsrevisionismus entgangen waren. Je deutlicher das Tabu in der Vergangenheit seiner Mutter sich zeigte, desto mehr fachte es das Interesse an seinem verschollenen Halbruder an.

Ihr ganzes streng voneinander getrenntes Leben gab es eine unsichtbare Verbindung zwischen den beiden. Sie hörten Dinge übereinander, auf Umwegen, Gerede, Tratsch, Frisörsalonlyrik, und wurden ständig aneinander erinnert. In seinen pathetischsten Momenten fühlte sich Jimmy mit dem unbekannten Blutsverwandten verbunden wie mit einem Zwillingsbruder, einem Alter Ego, obwohl, wie er wusste, er sich damit auf ein Terrain begab, in dem Hellseher und Wünschelrutengänger ihr Unwesen trieben. Das Sentimentale an dieser Vorstellung stieß ihn ab. Doch er zweifelte keine Sekunde daran, dass auch sein Bruder so dachte.

Die Geschichte hat ihren Abschluss gefunden. Unten in der Bibliothek sitzt jetzt sein Halbbruder, und Jimmy weiß, dass dessen Aussehen ihn nicht überraschen wird. Als sei er bereits vertraut mit seinem Gesicht, seiner Stimme, all seinen Verhaltensweisen und Ticks.

Retten lässt sich natürlich nichts mehr. Was kaputt ist, bleibt kaputt. Jimmys Mutter ist schon lange gestorben. Er erfuhr davon aus der Zeitung (»diese Todesanzeige dient als einzige Bekanntmachung«), mehr als neun Kilometer über der Erde, im Flugzeug nach Delhi. Und obwohl er das Verhalten von Parvenüs, die meinen, stets etwas Exklusives trinken zu müssen, sobald sie sich über den Wolken befinden, immer albern gefunden hatte, hat er damals die Zeitung zusammengelegt und bei der

Stewardess einen Gin bestellt. Den teuersten auf der Karte … Ja, alles kommt also zu spät, jedes Wort des Trostes, jede versöhnliche Geste. Jahre sind verdampft und können nie mehr zurückgebracht werden, keine Beziehung, die sich wiederherstellen ließe, kein Fehler, der in Ordnung gebracht werden könnte. Auch wenn die zwei betagten Herren die ganze Nacht aufblieben, aus Reserven an Willenskraft schöpfend, und reden würden, reden, reden und reden … retten lässt sich, wie gesagt, nichts mehr.

Doch das ist auch nicht nötig. Jimmy sieht sein Dasein gern als etwas zu Formendes: schöner, wenn man es abrunden kann. Und dazu bedarf es nur noch dieser einen Begegnung, wie in der Dichtkunst das Distichon der Epode.

Danach können die Bücher geschlossen werden.

Marthe sieht Jimmy aus dem oberen Stockwerk kommen und kann es nicht lassen, eine Bemerkung über seine soignierte Erscheinung zu machen. »Ja, was seh ich da? Sie schauen ja glatt siebzig Jahre jünger aus! Jetzt hoff ich aber für Sie, Sie denken nicht, dass in der Bibliothek eine Frau auf Sie wartet!«

Er ignoriert ihr fröhliches Geplapper und trägt ihr auf, eine gute Flasche Wein aus dem Keller zu holen. Danach brauche sie sich um nichts mehr zu kümmern, könne sie zu Bett gehen, in Urlaub von ihm aus oder ihre Kündigung einreichen. Der Briefumschlag liege schon bereit, sie brauche ihn nur noch aus der Schreibtischschublade zu nehmen. Doch diese eine Flasche, die wolle er noch.

Es ist Jahre her, seit er zum letzten Mal im Keller war. Irgendwann wurden die Treppen zu anstrengend für ihn, vor allem für seine Streichhölzer von Beinen. Doch er weiß noch genau, welche Flasche wo liegt. Zumindest hofft er das. Denn er hat die dunkle Vermutung, dass Marthe ab und zu auch dort etwas für sich mitgehen lässt. Mit ein bisschen Glück jedoch versteht sie genauso wenig von Wein wie vom Kochen und säuft egal was, würde selbst ein Glas Kirschen in Pferdepisse austrinken, solange ein Etikett mit dem Wort »Château« darauf klebt. Mit noch ein bisschen mehr Glück hält sie die Jahreszahlen auf den Flaschen für Verfallsdaten. Obwohl das vielleicht etwas zu viel verlangt ist, was Dummheit angeht.

Tatsache ist, dass Marthe jetzt noch nervöser wird, bei dem Gedanken, in den Weinkeller hinabsteigen zu müssen. Oder bildet er sich das ein?

»Wollen Sie wirklich jetzt noch was trinken, so spät? Sie wissen, mit den Pillen vom Doktor …«

»Marthe, bitte, erspar mir deine Gardinenpredigt und hol mir eine Flasche Rol de Fombrauge. Es ist nur noch eine im Keller, du brauchst dein Gedächtnis also nicht mit einer Jahreszahl zu belasten.«

Es ist eine erleichterte Marthe, die kurz darauf mit der bewussten Flasche wieder heraufkommt, keuchend und glücklich, sich nie aus Versehen gerade an diesem offenbar wertvollen Tropfen vergangen zu haben. Oder weil sie im Keller ihre Angst vor Spinnen im Zaum halten konnte, das wäre auch möglich.

Jimmy setzt sich in seinen Sessel, der alte Patriarch, und ist bereit für seinen nächtlichen Besucher. Das Gespräch zwischen den beiden kann endlich beginnen. Sie haben lange genug darauf gewartet.